現代創作叢刊 5

公墓

穆時英 著

現代書局 版

自序

有人說南北極是我的初期作品，而這集子裏的八個短篇是較後期的，這句話，如果不會看到我寫作的日期，祇以發表的先後爲標準，那麼從內容和技巧判斷起來都是不錯的。可是事實上，兩種完全不同的小說卻是同時寫的——同時會有兩種完全不同的情緒，寫完全不同的文章，是被別人視爲不可解的事，就是我自己也是不明白的，也成了許多人非難我的原因。這矛盾的來源，正如杜衡所說，是由於我的二重人格。我是比較爽直坦白的人，我沒有一句不可對大衆說的話，我不願像現在許多人那麼地把自己的眞面目用保護色裝飾起來，過着虛僞的日子，喊着虛僞的口號，一方面卻利用着羣衆心理，政治策略，自我宣傳，那類東西來維持過去的地位，或是擡高自己的身價。我以爲這是卑鄙齷齪的事，我不願意做。說我落伍，說我騎牆，說我紅蘿蔔剝了皮，說我什麼可以，至少我可以站在世界的頂上，大聲地喊：『我是忠實於自己，也忠實於人家的人！』忠實是隨便什麼社會都需要的！我還可以當着那些駡我的人說：『也許我是犯過罪的，可是我是勇敢地坦白地承擔着——問題是誰是能拿起石頭來扔我的人呢？躺到牀上去仔細地想一想吧。』

夠了，我用不到多解釋，應該解釋的祇是這集子裏的八篇小說。我覺得世界上頂希奇的事是有人會把你的小說解釋得和自己的意思完全不同，而我就是時常碰到那種奇蹟的人。記得有一位批評家說我這裏的幾個短篇全是與生活，與活生生的社會隔絕的東西，世界不是這麼的世界，是充滿了工農大衆，重利盤剝，天明，奮鬥……之類的。可是，我卻就是在我的小說裏的社會中生活着的人，裏邊差不多全部是我親眼目覩的事。也許是我在夢裏過着這種生活，因爲我們的批評家說這是偶然，這是與社會隔離的，這是我的潛意識。是夢也好，是偶然也好，是潛意識也好，總之，我不願意自己的作品受誤解，受曲解，受政治策略的排斥，所以一點短解釋也許是必需的。

『被當作消遣品的男子』和『公墓』是比較早的東西。前者祇想寫一種被當作消遣品的悲哀，和一種憂鬱的氣分；後者則是寫的帶着早春的蜜味的一段羅曼史。『上海的孤步舞』是作長篇『中國一九三一』時的一個斷片，祇是一種技巧上的試驗和鍛鍊，在現代發表時，寫在後面的一些聲明叫編者給截去了，也許是爲了雜誌的尊嚴，可是我還得在這兒提一句，這祇是『中國一九三一』的技巧的試驗。

其餘五篇：『夜，』『蓮花落，』『夜總會裏的五個人，』『黑牡丹，』『Craven "A"』是在一個稍微相同的企圖下寫的。當時的目的祇是想表現一些從生活上跌下來的，一些沒落的 pierrot。在我們的社會裏，有被生活壓扁了的人，也有被生活擠出來的人，可是那些人並不一定，或是說，並不必然地要顯出反抗，悲憤，仇恨之類的臉來；他們可以在悲哀的臉上戴了快樂的面具的。每一個人，除非他是毫無感覺的人，在心的深底裏都蘊藏着一種寂寞感，一種沒法排除的寂寞感。每一個人，都是部分地，或是全部地不能被人家了解的，而且是精神地隔絕了的。每一個人都能感覺到這些生活的苦味越是嘗得多，感覺越是靈敏的人，那種寂寞就越加深深地鑽到骨髓裏。『夜總會裏的五個人』，破產了的金子大王胡均益，失去了青春的交際花黃黛茜，懷疑主義者季潔；大學生鄭萍，失了業的市府祕書繆宗旦，『蓮花落』裏的那個流浪漢，『夜』裏的「水手和舞女」，『黑牡丹』裏的「我」和「黑牡丹」，『Craven "A"』裏的那個荒唐的姑娘，都是那樣的人，而我所要寫出來的也就是這些。

我想在這裏致謝於蟄存和家璧，一致地把輕視和侮辱當作唯一的方法來鼓勵我的兩個人；杜衡或是蘇汶，綳着正經臉用理論家的態度來監督我的；高明和靈鳳，時常和我討論到方法問題，給了我許多暗示的。

末了，我把這本書敬獻給遠在海外嘻嘻地笑着的 pierrot，望舒。

二，二十八，三三年，時英。

目次

公墓

外七篇

被當作消遣品的男子

『那天回到宿舍，對你這張會說話的嘴，忘了飢餓地驚異了半天。我望着藍天，如果是在戀人面前，你該是多麽會說話的啊——這麽想着。過着這尼庵似的生活，可眞寂寞呢。

再這麽下去，連靈魂也要變化石啦……可是，來看我一次吧！

蓉子。』

克萊拉寶似的字在桃紅色的紙上嬉嬉地跳着迴旋舞，把我圍着——『糟糕哪』

我害怕起來啦。

第一次瞧見她，我就覺得：『可眞是危險的動物哪！』她有着一個蛇的身子，貓的腦袋，溫柔和危險的混合物。穿着紅綢的長旗袍兒，站在輕風上似的，飄蕩着袍角。這腳一上眼就知道是一雙跳舞的腳，踐在海棠那麼可愛的紅緞的高跟兒鞋上。把腰支當作花瓶的瓶頸，從這上面便開着一枝燦爛的牡丹花……一張會說謊的嘴，一雙會騙人的眼——貴品哪！

曾經受過虧的我，很明白自己直爽的性格是不足對付姑娘們會說謊的嘴的。和她才會面了三次，總是懷着『留神哪』的心情，聽着她麗麗拉拉地從嘴裏泛溢着蘇州味的話，一面就這麼想着。這張天眞的嘴也是會說謊的嗎？也許會的——就在自己和她中間趕忙用意志造了一道高牆。第一次她就毫沒遮攔地向我襲擊着。到了現在，這位危險的動物竟和我混得像十多年的朋友似的。『這回我可不會再上當了吧？不是我去追求人家，是人家來捕捉我的呢！』每一次回到房裏總躺在牀上這麼地解剖着。

再去看她一次可危險了！在戀愛上我本來是低能兒。就不假思索地，開頭便——『工作忙得很哪』的寫回信給她。其實我正空得想去洗澡。從學堂裏回來，梳着頭髮，猛的在桌子上發現了一隻青色的信封，剪開來時，是——

『爲什麼不把來看我這件事也放到工作表裏面去呢！來看我一次吧！在校門口等着。』眞沒法兒哪，這麼固執而孩子氣得可愛的話。穿上了外套，抽着強烈的吉士牌，走到校門口，她已經在那兒了。這時候兒倒是很適宜於散步的悠長的煤屑路，長着麥穗的田野，幾座荒涼的墳埋在麥裏的遠處的鄉村，天空中橫飛着一陣烏鴉……

『你眞愛抽煙。』

『孤獨的男子是把煙捲兒當戀人的。牠時常來拜訪我，在我寂寥的時候，在車上，在牀上，在默想着的時候，在疲倦中的時候……甚至在澡堂裏牠也會來的。也許有人說牠不懂禮貌，可是我們是老朋友……』

『天天給啤酒似的男子們包圍着，碰到你這新鮮的人倒是刺激胃口的。』

糟糕，她把我當作辛辣的刺激物呢。

『那麼你的胃也不是康健的。』

『那都是男子們害我的。他們的膽怯，他們的愚昧，他們那種老鼠似的眼光，他們那裝做悲哀的臉……都能引起我的消化不良症的。』

『這祇能怪姑娘們太喜歡吃小食。你們把雀巢牌朱古力糖，Sunkist，上海啤酒，糖炒栗子，花生米等混在一起吞下去，自然得患消化不良症哩。給你們排泄出來的朱古力糖，Sunkist……能不裝做悲哀的臉嗎？』

『所以我想吃些刺激品啊！』

『刺激品對於消化不良症是不適宜的。』

『可是管牠呢！』

『給你排泄出來的人很多吧？』

『我正患着便祕，想把他們排泄出來，他們卻不肯出來，眞是爲難的事哪。他們都把心放在我前面，擺着挨打的小丑的臉……我祇把他們當傻子罷哩。』

『危險哪，我不會也給她當朱古力糖似的吞下，再排泄出來嗎？可是，她倒也和我一樣爽直！我看着她那張紅菱似的嘴——這張嘴也會說謊話嗎？』這麼地懷疑着她蹲下去在道兒旁摘了朵紫色的野花，給我簪在衣襟上；『知道嗎，這花的名兒？』

『告訴我。』

『這叫 Forget-me-not』就明媚地笑着。

天哪，我又擔心着已經在她嘴裏了，被當做朱古力糖似的含着！我連忙讓女性嫉惡病的病菌，在血脈裏加速度地生殖着。不敢去看她那微微地偏着的腦袋，向前走，到一片草地上坐下了。草地上有一片傾斜的土坡，上面有一株柳樹，躺在柳條下，看着蓋在身上的細影。蓉子坐在那兒玩着草莢子。

『女性嫌惡症患者啊，你是！』

從吉士牌的煙霧中，我看見她那驕傲的鼻子，嘲笑我的眼，失望的嘴。

『告訴我，你的病菌是那裏來的。』

『一位會說謊的姑娘送給我的禮物。』

『那麼你就在雜誌上散布着你的病菌不是？眞是討厭的人啊！』

『我的病菌是姑娘們消化不良症的一味單方。』

『你眞是不會叫姑娘們討厭的人呢！』

『我念首詩你聽吧——』我是把 Louise Gilmore 的即席小詩念着：

「假如我是一隻孔雀，
我要用一千隻眼
看着你。

假如我是一條蜈蚣，
我要用一百隻脚
追踪你。

假如我是一個章魚，
我要用八支手臂
擁抱你。

假如我是一頭貓
我要用九條性命
戀愛你。

假如我是一位上帝，
我要用三個身體
佔有你。』

她不做聲我看得出她在想眞是討厭的人呢！剛才裝做不懂事，現在可又來了。

『回去吧。』

『怎麼要回去啦？』

『男子們都是傻子。』她氣惱地說。

不像是張會說謊的嘴啊！我伴了她在鋪滿了黃昏的煤屑路上走囘去，悉悉地。

接連着幾天，從球場上囘來，拿了網拍到飯店裏把 After-noon Tea 裝滿了肚子，舒適地踱囘宿舍去的時候，過了五分鐘，閒得坐在草地上等晚飯吃的時候，從課堂裏挾了書本子走到運動上去溜蕩的時候，總看見她不是從宿舍往校門口的學校 Bus 那兒跑，就是從那兒囘到宿舍去。見了我，祇是隨便地招呼一下，也沒有信來。

到那天晚上，我正想到圖書館去，來了一封信：

『到我這兒來一次——知道嗎？』這麼命令似的話。又要去一次啦！就這麼算了不好嗎？我發覺自己是站在危險的深淵旁了。可是，末了，我又跑了去。

月亮出來了，在那邊，在皇宮似的宿舍的屋角上，緋色的，大得像隻盆子。把月亮扔在後面，我和她默默地走至校門外，沿着煤屑路走去，那條路像流到地平線中去似的，猛的一輛汽車的燈光從地平線下鑽了出來，道旁廣告牌上的抽着吉士牌的姑娘在燈光中愉快地笑，又接着不見啦。到一條橋旁，便靠了欄杆站着。我向月亮噴着煙。

『近來消化不良症好了吧？』

『好了一點兒，可是今兒又發啦。』

『所以又需要刺激品了不是？』

在吉士牌的煙霧中的她的臉笑了。

『我念首詩給你聽。』

她對着月亮，腰靠在欄杆上。我看着水中她的背影。

『假如我是一隻孔雀，

我要用一千隻眼

看着你。

假如我是一條蜈蚣，

我要用一百隻脚

追踪你。

假如我……』

我捉住了她的手。她微微地擡着腦袋，微微地閉着眼——銀色的月光下的她的眼皮是紫色的。在她花朵似的嘴唇上，喝葡萄酒似地，輕輕地輕輕地嘗着醉人的酒味。一面卻——『我大概不會受虧了吧！』這麼地快樂着。

月亮照在背上，吉士牌煙捲兒掉到水裏，流星似的，在自己的眼下，發現了一雙黑玉似的大眼珠兒。

『我是一瞧見了你就愛上了你的！』她把可愛的腦袋埋在我懷裏，嬉嬉地笑着。

『祇有你才是我在尋求着的，哪！多麼可愛的一副男性的臉子，直線的近代味的……溫柔的眼珠子，懂事的嘴……』

我讓她那張會說謊的嘴，啤酒沫似的噴溢着快板的話。

『這張嘴不是會說謊的吧。』到了宿舍裏，我又這麼地想着。樓上的窗口有人在吹 Saxophone，春風吹到臉上來，捲起了我的領子。

『天哪！天哪！』

第二天我想了一下，覺得危險了。她是危險的動物，而我卻不是好獵手。現在算是捉到了嗎？還是我被她抓住了呢？可是祇少……我像解不出方程式似的煩惱起來。到晚上她寫了封信來，天眞地說：『眞是討厭的人呢！以爲你今天一定要來看我的，那知道竟不來。已是我的獵獲物了，還這麼倔強嗎？……』我不敢再看下去，不是已經說得很明白了嗎？不能做她的獵獲物的。把信往桌上一扔，便鑽到書籍城，稿子山，和墨水江裏邊兒去躲着。

可是糟糕哪！我覺得每一個○字都是她的唇印，牆上釘着的 Vilma Banky 的眼，像是她的眼，Nancy Carrol 的笑勁兒也像是她的，頂奇怪的是她的鼻子長到 Norme Shearer的臉上去了。末了這嘴唇的花在筆桿上開着，在托爾斯泰的禿腦袋上開着，在稿紙上開着……在繪有薔薇花的燈罩上開着……拿起信來又看下去：『你怕我不是？也像別的男子那麼的膽怯不成？今晚上的月亮，像披着一層霧似的，蹣跚地走到那邊柳枝上面了。可是我愛瞧你那張臉哪——在平面的線條上，向空中突出一條直線來而構成了一張立體的寫生，是奇蹟呢！』這麼刺激的，新鮮的句子。

再去一次吧，這麽可愛的句子呢。這些克萊拉寶似的字構成的新鮮的句子圍着我，手緊着手跳着黑底舞，把我拉到門宮去了——牠們是可以把世界上一切男子都拉到那兒去的。

坐在石階上，手托着腮，歪着頭，在玫瑰花旁低低地唱着小夜曲的正是蓉子。門燈的朦朧的光，在地上刻劃着她那鴿子似的影子，從黑暗裏踏到光霧中，她已經笑着跳過來了。

『你不是想從我這兒逃開去嗎？怎麽又來啦？』

『你不在等着我嗎？』

『因爲無聊，才坐在這兒看夜色的。』

『嘴上不是新擦的 Tangee 嗎？』

『討厭的人哪！』

她已經拉着我的胳膊，走到黑暗的運動場中去了。從光中走到光和陰影的溶合線中，到了黑暗裏邊，也便站住了。像在說『你忘了啊』似的看着我。

『蓉子，你是愛我的吧？』

『是的。』

這張『嘴』是不會說謊的，我就吻着這不說謊的嘴。

『蓉子，那些消遣品怎麼啦？』

『消遣品還不是消遣品罷哩。』

『在消遣品前面你不也是說着愛他的話的嗎？』

『這都因爲男子們太儍的緣故，如果不說，他們是會叫化似的跟着你裝着哀求的臉，卑鄙的臉，懊恨的臉，討好的臉，……碰到跟着你歪纏的化子們，不是也祇能給一個銅子不是？』

也許她也在把我當消遣品呢，我低着腦袋。

『其實愛不愛是不用說的，祇要知道對方的心就夠。我是愛你的。你相信嗎？是嗎；信嗎？說呀！我知道你相信的。』

我瞧着她那騙人的說謊的嘴明知道她在撒謊，可還是信了她的謊話。

高速度的戀愛哪！我愛着她，可是她對於我卻是個陌生人。我不明白她，她的思想，靈魂，趣味是我所不認識的東西。友誼的了解這基礎還沒造成，而戀愛已經憑空建築起來啦！

每天晚上，我總在她窗前吹着口笛學布穀叫。她總是孩子似的跳了出來，嘴裏低低地唱着小夜曲，到宿舍門口叫：『Alexy』，我再吹着口笛，她就過來了。從朦朧的光裏踏進了植物的陰影裏，她就攀着我Coat的領子，總是像在說『你又忘了啊』似的等着我的吻，我一個輕輕的吻，吻了她，她就——『不會是在把我當消遣品吧』這麼地想着，可是不是我化子似的纏着她的，是她纏着我的啊。以後她就手杖似的掛在我胳膊上，飄蕩着裙角漫步着。我努力在戀愛下面建築着友誼的基礎。

『你讀過茶花女嗎？』

『這應該是我們的祖母讀的。』

『那麼你喜歡寫實主義的東西嗎？譬如說，左拉的娜娜，朵斯退益夫斯基的罪與罰……』

『想睡的時候拿來讀的，對於我是一服良好的催眠劑。我喜歡讀保爾穆杭，橫光利一，崛口大學，劉易士——是的我頂愛劉易士。』

『在本國呢？』

『我喜歡劉吶鷗的新的話術，郭建英的漫畫，和你那種粗暴的文字，獷野的氣息……』

眞是在刺激和速度上生存着的姑娘哪，奢子！Jazz，機械，速度，都市文化，美國味，時代美……的產物的集合體。可是問題是在這兒——

『你的女性嫌惡症好了吧？』

『是的。可是你的消化不良症呢？』

『好多啦，是爲了少吃小食。』

『一九三一年的新發見哪：女性嫌惡症的病菌是胃病的特效藥。』

『可是，也許正相反，消化不良的胃囊的分泌物是女性嫌惡症的注射劑呢？』

對啦，問題是在這兒。換句話說，對於這位危險的動物，我是個好獵手，還是隻不幸的綿羊？

眞的，去看她這件事也成爲我每日工作表的一部分——可是其他工作是有時因爲懶得可以省掉的。

每晚上，我坐在校園裏池塘的邊上，聽着她說蘇州味的謊話，而我也相信了這謊話。看着水面上的影子，低低地吹着口笛，眞像在做夢。——她像孩子似的數着天上的星，一顆，兩顆，三顆……我吻着牠花朶似的嘴一次，兩次，三次……

『人生有什麽寂寞呢？人生有什麽痛苦呢？』

吉士牌的煙這麽舞着，和月光溶化在一起啦。她靠在我肩上，唱着 Kiss me again，又吻了她四次，五次，六次……

於是，去看她這會事，成爲我生活的一部份了。洗澡，運動，讀書，睡覺，吃飯再加上了去看她，便構成了我的生活，——生活是不能隨便改變的。

可是這戀愛的高度怎麽維持下去呢？用了這速度，是已經可以繞着地球三圈了。如果這高速度的戀愛失掉了她的速度，就是失掉了牠的刺激性，那麽生存在刺激上面的蓉子不是要拋棄牠了嗎？不是把和這刺激關聯着的我也要拋棄了嗎？又要擺佈着消遣品去過活了呢！就是現在還沒把那些消遣品的滓排泄乾淨啊！解公式似的求得了這麼個結論，眞是悲劇哪——想出了這麼的事也沒法子，有一天晚上我便寫了封信給她——

『醫愈了我的女性嫌惡症，你又送了我神經衰弱症。碰到了你這麼快板的女性啊！這麼快的戀愛着，不會也用同樣的速度拋棄我的嗎？想着這麼的事，我眞擔心。告訴我，蓉子，會有不愛我的一天嗎？』

想不到也會寫這麼的信了；我是她的捕獲物。我不是也成了纏着她的化子嗎？

我眞的患了神經衰弱症。可是，她的覆信來了『明兒晚上來，我告訴你。』是我從

『危險啊！危險啊！』

前對她說話的口氣呢。雀巢牌朱古力，Sunkist，上海啤酒，糖炒栗子……希望我不是

這些東西吧。

第二天下午我想起了這些事，不知怎麼的憂鬱着。跑去看蓉子，她已經出去啦。十萬噸重量壓到我心上。竟會這麼關心着她了！回到宿舍裏，房裏邊沒一個人，窗外運動場上一隻狗寂寞地躺在那兒，呢帽跟我飛着俏媚眼。戴上了牠，沿着××路向一個俄羅斯人開的花園走。我發覺少了件東西，少了個伴着我的姑娘。把姑娘當手杖帶着，至少走路也方便點兒哪。

在柳影下慢慢地划着船，低低地唱着 Rio Rita，也是件消磨光陰的好法子。岸上站着那個管村的俄國人，悠然地喝着 Vodka，抽着強烈的俄國煙，望着我。河裏有兩隻白鵝，躺在水面上，四面是圓的水圈兒。水裏面有樹，有藍的天，白的雲，猛的又來了一隻山羊。我回頭一瞧，原來牠正在岸旁吃草。划到荒野裏，就把槳擱在船板上，平躺着，一隻手放在水裏，望着天。讓那隻船順着水淌下去，像流到天邊去似的。

有可愛的歌聲來了，用女子的最高音哼着 Minuet in G 的調子，像是從水上來的，又依依地息在煙水間。可是我認識那歌聲，是那張會說謊的嘴裏唱出來的。慢慢兒的近了，聽得見划漿的聲音。我坐了起來——天哪！是蓉子！她靠在別的一個男子肩上，那男子睜着做夢的眼，望着這邊兒。近啦，近啦，擦着過去啦！

"Alexy"

這麽叫了我一聲，向我招着手；她肩上圍着白的絲手帕，風吹着牠往後飄，在這飄着的手帕角裏，露着她的笑。我不管她，覺得女性嫌惡症的病菌又在我血脈裏活動啦。拚命搖着漿，不願意回過腦袋去，倒下去躺在船板上。流吧，水呀！流吧，流到沒有說謊的嘴的地方兒去，流到沒有花朵似的嘴的地方兒去，流到沒有騙人的嘴的地方兒去，啊！流吧，流到天邊去，流到沒有人的地方去，流到夢的王國裏去，流到我所不知道的地方去……可是後邊兒有布穀鳥的叫聲哪！白雲中間現出了一顆貓的腦袋，一張笑着的溫柔的臉，白的絲手帕在音樂似的頭髮上飄。

我剛坐起一半，海棠花似的紅緞高跟兒鞋已經從我身上跨了過去，蓉子坐在我身旁，小鳥似的掛在我肩膊肘上。坐起來時，看見那隻船上那男子的驚異的臉，這臉慢慢兒的失了笑勁兒，變了張頹喪的臉。

「蓉子。」

「你回去吧。」

他怔了一會兒就划着船去了。他的背影漸漸的小啦，可是他那唱着 I belong to girl who belongs to the somebody else 的憂鬱的嗓子，從水波上輕輕地飄過來。

「傻子呢！」

「……」

「怎麼啦？」

『……』

她猛的抖動着銀鈴似的笑聲。

『怎麼啦？』

『瞧瞧水裏的你的臉哪——一副生氣的臉子！』

我也笑了——碰着她那麼的人，眞沒法兒。

『蓉子，你不是愛着我一個人呢！』

『我沒愛着你嗎？』

『剛才那男子吧？』

『不是朱古力糖嗎？』

想着她從他的船裏跳到我的船裏，想着他的那副排泄出來的朱古力糖似的臉……

『可是，蓉子，你會有不愛我的一天嗎？』

她把腦袋擱在我肩上，太息似的說：

『會有不愛你的一天嗎？』

擡起腦袋來，撫摸着我的頭髮，於是我又信了她的謊話了。

囘去的路上，我快樂着——究竟不是消遣品呢！

過了三天，新的慾望在我心裏發芽了。醫愈了她的便祕吧。我不願意她在滓前面，也說着愛他們的話。如果她不聽我的話，就不是愛我一個人，那麼還是算了的好；再這麼下去，我的神經衰弱症怕會更害得厲害了吧：這麼決定了，那天晚上就對蓉子說：

『排泄了那些滓吧！』

『還有呢？』

『別時常出去!』

『還有呢?』她猛的笑了。

『怎麼啦?』

『你也變了傻子哪!』

聽了這笑聲，猛的惱了起來。用憎恨的眼光瞧了她一囘，便決心走了。簡直把我當孩子! 她趕上來，攔着我，微微地擡着腦袋，那黑玉似的大眼珠子，長眼毛……攀住了我的領子:

『恨我嗎?』

儘瞧着我，怕失掉什麼東西似的。

『不，蓉子。』

蓉子踮着脚尖。像抱着隻貓，那種 Touch。她的話有二重意味，使你知道是謊話，又使你相信了這謊話。在她前面我像被射中了的靶子似地，僵直地躺着。有什麽法子抵抗她啊！可是從表面上看起來，還是被我克服着呢，這危險而可愛的動物。爲了自以爲是好獵手的驕傲而快樂着。

蓉子有兩個多禮拜沒出去。在我前面，她貓似的踡伏着，像冬天蹲在壁爐前的地氈上似的。我驚異着她的柔順。Week end 也祇在學校的四周，帶着留聲機，和我去行 Picnic。她在輭草上躺着，在暮春的風裏唱着，在長着麥的田野裏孩子似地跑着，在墳墓的頂上坐着，看埋到地平線下去的太陽，聽着田野裏的布穀鳥的叫聲，笑着，指着遠處天主堂的塔尖偎着我……我是幸福的。我愛着她，用溫柔的手，聰明的笑，二十歲的青春的罄個的心。

可是好獵手被野獸克服了的日子是有的。

禮拜六下午她來了一封信：

『今兒得去參加一個 Party。你別出去；我晚上回來的——我知道你要出去的話，準是到舞場裏去，可是我不願意知道你是在抱着別的姑娘哪。』

晚上，在她窗前學着布穀鳥的叫聲，閑笑騎在緋色的燈光上從窗簾的縫裏逃出來，等了半點鐘還沒那唱着小夜曲，叫“Alexy”的聲音。我明白她是出去了。啤酒似的，花生似的，朱古力糖似的，Sunkist 似的……那些消遣品的男子的臉子，一副副的泛上我的幻覺。走到校門口那座橋上，想等她回來，瞧瞧那送她回來的男子——在晚上坐在送女友回去的街車裏的男子的大膽，我是很明白的。

橋上的四支燈，昏黃的燈光浮在水面上，默默地坐着。道兒上一輛輛的汽車駛過，車燈照出了街樹的影，又過去了，沒一輛是拐了灣到學校裏來的，末了，在校門外夜色裏走着的戀人們都進來了；他們是認識我的，驚奇的眼，四隻四隻的在我前面閃爍着。宿舍的窗口那兒一隻 Saxophone 銜着我——

「可以愛的時候愛着吧！女人的心，霉雨的天氣，不可測的——」一張着大嘴嗚嗚地嚷着。想着在別人懷裏的蓉子，眞像挖了心臟似的。直到學校裏的燈全熄了，踏着荒涼的月色，秋風中的秋葉似的悉悉地，獨自個兒走囘去，像往墓地走去那麼憂鬱……

禮拜日早上我吃了早點，拿了中報的畫報坐在草地上坐着看時，一位沒睡夠的朋友，從校外進來，睜着那喝多了 Cocktail 的眼，用那雙還纏着華爾滋的腿站着，對我笑着道：

『蓉子昨兒在巴黎哪，發了瘋似的舞着——Oh, Sorry，她四周浮動着水草似的這許多男子，都恨不得把她捧在頭上呢！』

到四五點鐘，蓉子的信又來啦。把命運放在手上讀着：

『沒法兒的事，昨兒晚上 Party 過了後，太晚了，不能囘來。今兒是一定囘來的，等着我吧。』

站在校門口直等到末一班的Bus進了校門，還是沒有她。我便跟朋友們到上海去。崎嶇的馬路把汽車顛播着，汽車把我的身子像行李似的搖着，身子把我的神經擾着，想着也許會在舞場中碰到她的這回事，我覺得自己是患着很深的神經衰弱症。

先到巴黎，沒有她，從Jazz風，舞腿林裏，從笑浪中舉行了一個舞場巡禮，還是沒有她。再回到巴黎，失了魂似的舞着到十一點多，瞧見蓉子，異常地盛裝着的蓉子，帶了許多朱古力糖似的男子們進來了。

於是我的脚踏在舞女的鞋上，不夠，還跟人家碰了一下。我頽喪地坐在那兒，思量着應付的方法。蓉子就坐在離我們不遠兒的那桌上，背向着她拿酒精麻醉着自己的感覺。我跳着頂快的步趾，在她前面親熱地吻着舞女。酒精炙紅了我的眼，我是沒了神經的人了。回到桌子上，侍者拿來了一張紙，上面壓着一隻蘋菓：

『何苦這麽呢？眞是傻子啊！吃了這隻蘋菓，把神經冷靜一下吧。瞧着你那瘋狂的眼，我痛苦着哪。』

回過腦袋去，那雙黑玉似的大眼珠兒正深情地望着我。我把腦袋伏在酒杯中間，想痛快地駡她一頓。Fox-trot 的旋律在發光的地板上滑着。

“Alexy”

她舞着到我的桌旁來。我猛的站直了：

『去你的吧，騙人的嘴，說謊的嘴！』

『朋友，這不像是 Gentleman 的態度呀。瞧瞧你自己，像一隻生氣的熊呢……』

伴着她的男子，裝着嘲笑我的鬼臉。

『滾你的，小兔崽子，沒你的份兒。』

“Yuh”！拍我腮兒上響着他的手掌。

“Say What's the big idea?”

"No, Alexy Say no, by golly!"蓉子扯着我的胳膊，驚惶着。我推開了她。

"You don't meant……"

"I mean it."

我猛的一拳，這子男倒在地上啦。蓉子見了爲她打人的我，一副不動情的撲克臉：坐在桌旁。朋友們把我拉了出去：說着"I'm through"時，我所感覺到的卻是犯了罪似的自慚做了傻事的心境。

接連三天在家裏，在牀旁，寫着史脫林堡的話，讀着譏嘲女性的文章，激烈地主張着父系家族制……

『忘了她啊！忘了她啊！』

可是我會忘了這會說謊的蓉子嗎？如果蓉子是不會說謊的，我早就忘了她了。在同一的學校裏，每天免不了總要看見這會說謊的嘴的。對於我，她的臉上長了隻冷淡的鼻子——一禮拜不理我。可是還是踐在海棠那麽可愛的紅緞的高跟兒鞋上，那雙跳舞的脚；飄蕩着袍角，站在輕風上似的，穿着紅綢的長旗袍兒，温柔和危險的混合物，有着一個貓的腦袋，蛇的身子……

禮拜一上紀念週，我站在禮堂的頂後面，不敢到前面去，怕碰着她。她也來了，也站在頂後面，沒什麽事似的，嬉嬉地笑着。我擺着張挨打的臉，求恕地望着她。那雙露在短袖口外面的胳膊，是曾經攀過我的領子的。回過頭來瞧了我的臉，她想笑，可是我想哭了。同學們看着我，問我，又跑過去看她，問她，許多人瞧着我，紀念週祇上了一半，我便跑出去啦。

下一課近代史，我的座位又正在她的旁邊。這位戴了眼睛，聳着左肩的講師，是以研究產業革命著名的，那天剛講到這一章。鉛筆在紙上的磨擦，用講師噴唾沫的速度，節奏地進行着。我祇在紙上——『騙人的嘴啊：騙人的嘴啊……』寫着。

她笑啦。

『蓉子！』

紅嘴唇像閉着的蚌蛤。我在紙片上寫着：『謊話的嘴啊，可是願意信你的謊話呢！可以再使我聽一聽你的可愛的謊話嗎？』遞給她。

『下了課到××路的草地上等我。』

又記着她的劄記，不再理我了。

一下課我便到那兒去等着。已經是夏天啦，麥長到腰，金黃色的，草很深。廣闊的田野裏全是太陽光，不知那兒有布穀鳥的叫聲，叫出了四月的農村。等判決書的殺人犯似地在草地上坐着。時間凝住啦。好久她還沒來。學校裏的鐘聲又飄着來了，在麥田中徘徊着，又溶化到農家的炊煙中。於是，飛着的鴿子似地來了蓉子，穿着白綢的Pyjama，髮兒在白綢結下跳着Tango的她，是叫我想起了睡蓮的。

『那天你是不願意我和那個男子跳舞不是？』

劈頭便這麽爽直地提到了我的罪狀，叫我除了認罪以外是沒有別的辯訴的可能了。我擡起腦袋望着這亭亭地站着的審判官用着要求從輕處分的眼光。

『可是這些事你能管嗎？爲什麽用那麽儍的方法呢。你的話，我愛聽的自然聽你，不愛聽你是不能強我服從的。知道嗎？前幾天因爲你太儍所以不來理你，今兒瞧你像聰明點兒——記着……』她朗誦着刑法的條例，我是祇能躺在地下吻着她的脚啦。

她也坐了下來，把我的腦袋擱在她的腿上，把我散亂的頭髮往後扔，輕輕地說道：『記着，我是愛你的，孩子。可是你不能干涉我的行動。』又輕輕地吻着我。閉上了眼，我微微地笑着，——『蓉子』這麽叫着，覺得幸福——可是這幸福是被恕了的罪犯的。

究竟是她的捕獲物啊！

『難道你還以爲女子祇能被一個人崇拜着嗎？愛是祇能愛一個人，可是消遣品，工具是可以有許多的。你的口袋裏怕不會沒有女子們的照片吧。』

『啊，蓉子。』

從那天起她就讓許多人崇拜着，而我是享受着被獅子愛着的一隻綿羊的幸福。我是失去了抵抗力的。到末了，她索性限制我出校的次數，就是出去了晚上九點鐘以前也是要到她窗前去學着布穀鳥叫聲報到的——我不願意有這種限制嗎？不，就是在八點半坐了每點鐘四十英哩的車趕回學校來，到她窗前去報到，也是引着我這種fidelity以爲快樂的。可是……甚至限制着我的吻她啦。可是，在獅子前面的綿羊，對於這種事有什麼法子想呢，雖然我願意拿一滴血來換一朵花似的吻。

記得有一天晚上，她在校外受了崇拜回來，紫色的毛織物的單旗袍，——在裝飾上她是進步的專家。在人家祇知道穿絲織品，使男子們覺得像鰻魚的時候，她卻能從衣服的質料上給你一種溫柔的感覺。還是唱着小夜曲，雲似地走着的蓉子。在銀色的月光下面像一隻有銀紫色的翼的大夜蝶，沉着地疎懶地動着翼翅，帶來四月的氣息，戀的香味金色的夢。拉住了這大夜蝶，想吞她的擦了暗紅的 Tangee 的嘴。把髮際的紫羅蘭插在我嘴裏，這大夜蝶從我的胳膊裏飛去了。嘴裏含着花，看着翩翩地飛去的她，兩隻高跟兒鞋的樣子很好的鞋底在夜色中舞着，在夜色中還顫動着她的笑聲。再捉住了她時，她便躱在我懷裏笑着，眞沒法兒吻她啊。

『蓉子，一朶吻，紫色的吻。』

『紫色的吻，是不給貪饞的孩子的。』

我騙她，逼她，求她，誘她，可是她老躱在我懷裏，比老鼠還機警哪。在我懷裏而不讓我要嘴兒，不是容易的事。時間就這麼過去了。

『蓉子，如果我騙到了一個吻，這禮拜你得每晚上吻我三次的。』

『可以的，可是在這禮拜你騙不到，在放假以前不准要求吻我，而且每天要說一百句恭維我的話，要新鮮的，每天都不同的。』

比歐洲大戰還劇烈的戰爭哪，每天三次吻，要不然，就是每天一百句恭維話，新鮮的，每天不同的。還沒決定戰略，我就冒昧地宣戰了。她去了以後，留下一種優柔的溫暖的香味，在我的周圍流着，這是我們的愛撫所生的微妙的有機體。在這戀的香味氤氳着的地方，我等着新的夜來把她連送到我的懷裏。可是新的夜來了，我卻不說起這話。再接連三天不去瞧她。到第四天，抓着她的手，裝着哀愁的臉，滴了硫酸的眼裏流下兩顆大淚珠來。

『蓉子！』我覺得是在做戲了。

『今天怎麼啦；像是很憂鬱地？』

『怎麼說呢，想不到的事。我不能再愛你了！給我一個吻吧，最後的吻！』我的心跳着，勝敗在這刹那間可以決定咧。

她的胳臂圍上我的脖子，吻着；猛的黑玉似的大眼珠一閃，她笑啦。踮起脚尖來，吻着我，一次，兩次，三次。

『聰明的孩子！』

這一星期就每晚上吃着紫色的 Tangee 而滿足地過活着。可是她的唇一天比一天冷了，雖然天氣是一天比一天的熱起來。快放假啦，我的心臟因大考表的貼在註冊處佈告板上而收縮着。

『蓉子，你慢慢兒的不愛我了吧？』

『傻子哪！』

這種事是用不到問的，老練家是不會希望女人們講眞話的。就是問了她們會告訴你的嗎？傻子哪！我不會是她的消遣品吧？可是每晚上吻着的啊。

她要參加的 Party 愈來愈多了，我和她在一起的時候漸漸地減少啦。我憂鬱着。我時常聽到人家報告我說她和誰在這兒玩，和誰在那兒玩。綳長了臉，人家以謂我是急大考，誰知道我衹希望大考期越拉長越好。想起了快放假了這件事，我是連讀書的能力都給剝奪了的。

『就因爲生在有錢人家才受着許多苦痛呢。什麼都不能由我啊，連一個愛人也保守不住。在上海，我是被父親派來的人監視着的，像監視他自己的財產和門第一樣。天哪！他忙着找人替我做媒。每禮拜總有兩三張梳光了頭髮，在闊領帶上面微笑着的男子的照片寄來的，在房裏我可以找到比我化妝品還多的照片來給你看的，我有兩個哥哥，見了我總是帶一位博士碩士來的。都是刮鬍髭刮青了臉的中年人，都是生着輕蔑病的。有一次伴了我到市政廳去聽音樂，卻不刮鬍髭，「還等你化裝的時候兒又長出來的」這麼嘲笑着我。』

『那麼你怎麼還不訂婚呢？博士碩士教授機會不是很多嗎？』

『就因爲我祇願意把他們當消遣品。近來可不對了，爹急着要把我出嫁，像要出淸底貨似的。他不是很愛我的嗎？我眞不懂爲什麼要把自己心愛的女兒嫁人，伴他一輩子不好嗎？我頂怕結婚，丈夫，孩子，家事，眞要把我的青春斷送了。爲什麼要結婚呢？可是現在也沒法子了，爹逼着我，說不聽他的話，下學期就不讓我到上海來讀書。要結婚，我得挑一個頂醜頂笨的人做丈夫，聰明的丈夫是不能由妻子擺佈的。我高興愛他時就愛他，不高興就不准他碰我。』

『一個可愛的戀人，一個醜丈夫，和不討厭的消遣品——這麼安排着的生活不是不會感到寂寞了嗎，……』

『你想訂婚嗎？』

蓉子不說了，咬着下嘴唇低低地唱着小夜曲，可是忽然掉眼淚啦，珍珠似的，一顆，兩顆，……

『不是嗎？』

我追問着。

『是的，和一位銀行家的兒子崇拜得我什麼似的。像衹要捧着我的脚做丈夫便滿足了似地。那小胖子。我們的訂婚式，你預備送什麼？』

說話的線索在這兒斷了。憂慮和懷疑，思索和悲哀……被搖成混合酒似地在我腦子裏邊竄着。

蓉子站在月光中。

『剛才說的話都是騙你的。我早就訂了婚。未婚夫在美洲，這夏天要囘來了；他是個很強壯的人，在國內時足球是學校代表，那當兒他時常撫着我的頭，叫我小妹妹的，可是等他囘來了，我替你介紹吧。』

『早就訂了婚了？』

『怎麼啦？嚇壞了嗎！騙你的啊，沒訂過婚，也不想訂婚。瞧你自己的驚惶的臉哪！如果把女子一刹那所想出來的話都當了眞，你得變成了瘋子呢？』

『我早就瘋了。你瞧，這麼地，……』

我猛的跑了開去，頭也不囘地。

考完了書，她病啦。

醫生說是吃多了糖，胃弱消化不了。我騎着脚踏車在六月的太陽下跑十里路到××大學去把她的閨友找來伴她，她是怕她寂寞。到上海去買了一大束唐納生替她放在牀旁。吃了飯，我到她的宿舍前站着，光着腦袋，我不敢說一聲話。瞧着太陽站在我腦袋上面，瞧着太陽照在我臉上面，瞧着太陽移到牆根去，瞧着太陽躲到屋脊後面，瞧着太陽沉到割了麥的田野下面。望着在白紗帳裏邊平靜地睡着的蓉子，把浸在鹽水裏邊兒的自家兒的身子也忘了。

在夢中我也記掛着蓉子，怕她病瘦了黑玉似的大眼珠啊。

第二天我跑去看她，她房裏的同學已經走完啦。牀上的被褥淩亂着。白色的唐納生垂倒了腦袋，寂寞地萎謝了。可是找不到那對熟悉的大眼珠兒，和那叫我 Alexy 的可愛的聲音。問了阿媽，才知道是她爹來領回去啦。怕再也看不到她了吧？

在窗外怔了半天。蕭蕭地下雨啦。

在雨中，慢慢地，落葉的蛩音似地，我踱了回去。裝滿了行李的汽車，把行李和八一同顛播着，接連着往校門外駛。在荒涼的運動場旁徘徊着，徘徊着，那條悠長的悠長的煤屑路，那古銅色的路燈，那浮着水藻的池塘，那廣闊的田野，這兒埋葬着我的戀，蓉子的笑。

直到晚上她才囘來。

『明兒就要囘家去了，特地來整行李的。』

我沒話說。默默地對坐着，到她們的宿舍鎖了門，又到她窗前去站着。外面在下雨，我就站在雨地裏。她眞的瘦了，那對大眼珠兒憂鬱着。

『蓉子爲什麼憂鬱着？』

『你問牠幹嗎兒呢？』

『告訴我，蓉子，我覺得你近來不愛我了，究竟還愛着我嗎？』

『可是你問牠幹嗎兒呢？』

隔了一囘。

『你是愛着我的吧？永遠愛着我的吧？』

『是的，蓉子，用我整個的心。』

她隔着窗上的鐵柵抱了我的脖子，吻了我一下『那麼永遠地愛着我吧。』——就默默地低下了腦袋。

回去的路上，我才發覺給雨打溼了的背脊，沒吃晚飯的肚子。

明天早上在課堂的石階前又碰到了蓉子。

『再會吧！』

『再會吧！』

她便去了，像秋天的落葉似的，在斜風細雨中，蔚藍色的油紙傘下，一步一步的踏着她那雙可愛的紅緞高跟鞋。回過腦袋來，拋了一個像要告訴我什麼似的眼光，於是低低地，低低地，唱着小夜曲的調子，走進柳條中去了。

我站在那兒，細雨給我帶來了哀愁。

過了半天，我跑到她窗前去，她們宿舍裏的人已經走完了。房裏是空的牀，空的桌子。牆上釘着的克萊拉寶的照片寂寞地笑，而康納生也依依地躺在地板上了。割了麥的田野裏來了布穀鳥的叫聲。我也學着牠，這孤獨的叫聲在房間裏兜了一圈就消逝啦。

在六月的細雨下的煤屑路，悉悉地走出來，回過腦袋去，柳條已經和暮色混在一塊兒了。用口笛吹着 Souvenir 的調子，我搭了最後一班 Bus 到上海。

寫了八封信，沒一封回信來。在馬路上，張着瘋狂的眼，瞧見每一個穿紅衣服的姑娘，便心臟要從嘴裏跳出來似地趕上去瞧，可是不是她！不是她啊！在舞場裏，默默地坐着，瞧着那舞着的腳，想找到那雙踏在樣子很好的紅緞高跟鞋兒上面的，可愛的腳，見了每一雙腳都捕捉着，可是不是她！不是她啊！到麗娃栗妲村，在河上，慢慢地划着船，聽着每一聲從水面上飄起來的歌，想聽到那低低的小夜曲的調子。可是，沒有她！沒有她啊！在宴會上看着每一隻眼珠子，想找到那對熟悉的，藏着東方的祕密似的黑眼珠子；每一隻眼，棕色的眼，有長睫毛的眼，會說話的眼，都在我搜尋的眼光下驚惶着。可是，不是她！不是她啊！在家裏每隔一點鐘看一次信箱，拿到每一封信都擔憂着，想找到那跳着迴旋舞的克萊拉寶似的字。可是，不是她！不是她啊！聽見每一個叫我名字的聲音便狠似地豎起了耳朵，想聽到那渴望着的“Alexy”的叫聲。可是，不是她！不是她啊！到處尋求說着花似的謊話的嘴，欺人的嘴。可是，不是她！不是她啊……

她曾經告訴我，說也許住在姑母家裏，而且告訴我姑母是在靜安寺路，還告訴了我門牌。末了，我便決定去找了，也許我會受到她姑母的侮辱，甚至於攆出來，可是我祇想見一次我的蓉子啊。六月的太陽，我從靜安寺走着，走到跑馬廳，再走回去，再走到這邊兒來，再走到那邊兒去。壓根兒就沒這門牌。六月的太陽，接連走了四五天，我病倒啦。

在病中，『也許她不在上海吧。』——這麼地安慰着自己。

老廖，一位畢了業的朋友囘四川去，我到船上送他。

『昨兒晚上我瞧見蓉子和不是你的男子在巴黎跳舞，……』

我聽到腦裏的微細組織一時崩潰下來的聲兒。往後，又來一個送行的朋友，又說了一次這樣的話。他們都是我的好朋友，他們都很知道我的。

『算了吧！After all, it's regret!』

聽了這麼地勸着我的話，我笑了個給排泄出來的朱古力糖滓的笑。老廖彈着Guitar，黃浦江的水在月下起着金的魚鱗。我便默着。

『究竟是消遣品吧！』

回來時，用我二十歲的年輕的整個的心悲哀着。

『孤獨的男子還是買支手杖吧。』

第二天，我就買了支手杖。牠伴着我，和吉士牌的煙一同地，成天地，一步一步地在人生的路彳亍着。

蓮花落

飄泊着，秋天的黃葉子似地，一重山又一重山，一道水又一道水——我們是兩個人。

和一副檀板，一把胡琴，一同地，從這座城到那座城，在草尾子的柴門前，在嵌在宮牆中間的黑漆大門前，在街上，在考場裏，我們唱着蓮花落，向人家化一個銅子，化一杯羹，化一碗冷飯——我們是兩個人。

是的，我們是兩個人，可是她在昨天死了。

是二十年前，那時我的頭髮還和我的眼珠子那麼黑，大兵把我的家轟了。一家人死的死了，跑的跑了，全不知那去啦。我獨自個兒往南跑，跑到傍晚時眞跑累了，就跑到前面那隻涼亭那兒去。就在那兒我碰到了她。她在裏邊，坐在地上哭，哭得抽抽咽咽的。我那時候兒還怕羞，離遠些坐了下來。她偷偷兒的瞧了瞧我，哭聲低了些。我心裏想：勸勸她吧！這姑娘怎麼一個人在這兒哭。

『別哭了，姑娘！哭什麼呢！』我坐在老遠的跟她說。

她不作聲還是哭，索性哭得更高聲點兒。這事情不是糟了嗎？我不敢再說話。我往涼亭外面望，不敢望她。天是暗了，有一隻彎月亮照着那些田。近的遠的，我找不到一點火。一隻狗子站在涼亭外面衝着我望，我記得還是隻黑狗。我們家裏也有隻黑狗，我們的牛是黃的，還有一隻黑鷄，毛長得好看，想殺牠三年了沒忍心殺牠。我們還有隻花貓，妹妹頂愛那隻貓，爹頂恨，說牠愛偷嘴，可是媽是愛妹妹的，爹是愛我的。那隻花貓偷吃了東西，爸要砍牠腦袋，妹妹抱住了不放，爹就打她，媽聽見她哭就打我，我一鬧，爹和媽就鬥起嘴來了。可是爹那去了？媽和妹妹那去了？還有那隻黑狗，那隻黃牛，那隻花貓呢？牠們那去了？

我想着想着也想哭，她卻不知什麼時候停了的，不哭啦。我把腦袋囘過去瞧了瞧，她也趕忙把腦袋囘過去，怕難爲情，不讓我瞧她的臉。我便從後邊兒瞧着她。她在那兒不知道在吃什麼，吃得夠香甜的。嘓的，我嚥了口兒黏涎子，深夜裏聽起來，像打了個雷似的。她囘過腦袋來瞧，我不知怎麼的嘓的又嚥了口兒黏涎子，她噗哧的笑出來啦，——我好難爲情！她拿出個饝饝來，老遠的伸着胳膊拿着。我也顧不得難爲情，紅着臉跑過去就吃，也不敢說話。吃完了便看着她吃，她還有五個。她一擡腦袋，我連忙把眼光歪到一邊。她卻又拿了一個給我，我臉上眞紅熱的了不得。

『多謝你！』我說。

吃完了，她又給了我兩個。

『眞多謝你！』我說。

『還要不要？』

我怎麼能說還不夠呢？我說夠了。

『不餓嗎，那麼個男兒漢吃這麼一些。』

『不餓。你怎麼會獨自個兒在這兒的呢？』

『一家子全死完咧！』她眼皮兒一紅，又想哭啦。我趕忙不做聲，過了回兒，等她好了，我才說道：『怎麼呢？』

『他們打仗，把我們一家子全打完咧。』

『你到那兒去呢？』

『我能到那兒去呢？』

『你打算逃那兒去？』

『我沒打算往那兒逃，帶了幾個鑣鑣，一跑就跑到這兒來啦。你呢？』

『我連糧食也沒帶沒叫大兵給打死，還是大運氣，那能打算往那兒跑？跑到那兒算那兒罷咧。』

那時候兒我和她越坐越近了，我手一擺，碰了她的手，我一笑，很不好意思的挪了挪身子。

『你還是坐遠點兒吧？』

我便挪開些老遠的對坐着說話兒。

時候可眞不早了，天上的星密得厲害，你擠我，我擠你，想把誰擠下來似的。涼亭外面的草全在露水裏溼着，遠處幾棵倒生的樹向月亮伸着枝幹。一陣陣風吹過來，我也覺得有點兒冷。亭子外邊兒一支夜鳥叫了一聲兒，那聲氣夠怪的，像鬼哭，叫人心寒，接着就是一陣風。她把脖子一縮，哆嗦了一下。我瞧了她一眼。

『你還是坐過來些吧？』她說。

『你冷嗎？』

『我害怕。』

我挪過去貼着她坐下了。我剛貼着她的身子，她便一縮道：『你不會？』瞧着我。

我搖了搖頭。

她便靠在我身上道：『我累了！』

就閉上了眼。

我瞧着她，把我的疲乏，把我的寂寞全丟了。我想，我不是獨自個兒活在世上咧，我是和她一同地在這亭子裏——我們是兩個人。

第二天起來她有了焦紅的腮幫兒，散了的眉毛，她眼珠子裏的處女味昨兒晚上給賊偷了。她望了望天，望了望太陽，又望了望我，猛的掩着臉哭了起來。我不敢做聲，我知道自家做錯了事。她哭了好一回，才擡起腦袋來，拿手指指着我的鼻子道：『都是你！』

我低下了腦袋。

『你說不會的。』

『我想不到。』

她又哭，哭了一回兒道：『叫我怎麼呢？』

『我們一塊兒走吧！』

我們就一同往南走。也不知跑那兒走，路上她不說話，我也不敢說話。走到一家鎮上，她說：『我眞餓了。』我就跑到一家大餅鋪子那兒，跟那個掌櫃的求着道：『先生，可憐見我，餓壞了。全家給大兵打了，跑一天一晚，沒東西吃。』那掌櫃的就像沒聽見。我祇得走了開來，她站在那兒拐灣角兒上，用埋怨的臉色等着我，我沒法兒，走到一家綢緞鋪子前面，不知怎麼的想起了蓮花落，便低了腦袋：

『嗳呀嗳子喂！
花開梅花落呀，
一開一朵梅花！
臘梅花！』

我覺得臉在紅起來，旁邊有許多人在圍着看我；我眞想鑽到地下去。這時候兒我猛的聽見還有一個人在跟着我唱，一瞧，卻是她，不知那兒弄來的兩塊破竹片，拿在手裏，的的得得地拍着。我氣壯了起來，馬上挺起了胸子，擡起腦袋來，高聲兒的唱着蓮花落——我們是兩個人在唱着。

就從那天起，飄泊着，秋葉似地，從這座城到那座城。後來我們又弄到了一把破胡琴，便和一把胡琴，一副檀板，一同地，一重山又一重山，一道水又一道水，在草屋子的柴門前面，在黑漆的大門前面我們唱着蓮花落。

昨天晚上，我們坐在一條小衕衕裏。她有點寒熱，偎在我的身旁，看了我的頭髮道：

『你的頭髮也有點兒灰了。』

『可不是嗎，四十多了，那能叫頭髮不白。』

『我們從涼亭裏跑出來，到現在有二十多年，快三十年咧。光陰過得眞快呀！你還記得嗎，有一年我們在河南，三天沒討到東西吃，你那當兒火氣大極了，不知怎麼一來就打了我，把我腰那兒打得一大塊青！你還記得嗎？』

『你不是還把我的臉抓破了嗎？』

『在涼亭裏那晚上不也很像今兒嗎？』

我擡起腦袋來在屋簷那兒，是一隻彎月亮，把黑瓦全照成銀色的。

『可是我眞倦了！』她把腦袋靠在我肩上，好重。

我也沒理會，祇管看月亮。可是她就那麼地死去咧。

和一副棺板，一把胡琴，一同地，一道水又一道水，一重山又一重山，在草屋子的柴門前面，在黑漆大門前面，在街上，在麥場裏，我們一同地唱着蓮花落。我們在一塊兒笑一塊兒哭，一塊兒嘆息，一塊兒抹眼淚：世界上有個我，還有個她——我們是兩個人。

是的，我們是兩個人，可是她在昨天晚上死了。

夜總會裏的五個人

一　五個從生活裏跌下來的人

一九三二年四月六日星期六下午：

金業交易所裏邊擠滿了紅着眼珠子的人。

標金的跌風，用一小時一百基羅米突的速度吹着，把那些人吹成野獸，吹去了理性，吹去了神經。

胡均益滿不在乎地笑。他說：

『怕什麼呢？再過五分鐘就轉漲風了！』

過了五分鐘，——

『六百兩進關啦！』

交易所裏又起了謠言：『東洋大地震！』

『八十七兩！』

『三十二兩！』

『七錢三！』

（一個穿毛葛袍子，嘴犄角兒咬着象牙煙嘴的中年人猛的暈倒了。）

標金的跌風加速地吹着。

再過五分鐘，胡均益把上排的牙齒，咬着下嘴唇——

嘴唇碎了的時候，八十萬家產也叫標金的跌風吹破了。

嘴唇碎了的時候，一顆堅強的近代商人的心也碎了。

一九三二年四月六日星期六下午：

鄭萍坐在校園裏的池旁。一對對的戀人從他前面走過去。他睜着眼看；他在等，等着林妮娜。

昨天晚上他送了隻歌譜去，在底下註着：

『如果你還允許我活下去的話，請你明天下午到校園裏的池旁來。爲了你，我是連頭髮也愁白了！』

林妮娜並沒把歌譜退回來——一晚上，鄭萍的頭髮又變黑啦。

今天他吃了飯就在這兒等，一面等，一面想：

『把一個鐘頭分爲六十分鐘，一分鐘分爲六十秒，那種分法是不正確的。要不然，爲什麼我祇等了一點半鐘，就覺得髭髭又在長起來了呢？』

林妮娜來了，和那個長腿汪一同地。

『Hey，阿萍，等誰呀？』長腿汪裝鬼臉。

林妮娜歪着腦袋不看他。

他哼着歌譜裏的句子：

『陌生人啊！

從前我叫你我的戀人，

現在你說我是陌生人！

陌生人啊！

從前你說我是你的奴隸，

現在你說我是陌生人!

陌生人啊……』

林妮娜拉了長腿汪往外走，長腿汪回過腦袋來再向他裝鬼臉。他把上面的牙齒，咬着下嘴唇：——

嘴唇碎了的時候，鄭萍的頭髮又白了。

嘴唇碎了的時候，鄭萍的鬍髭又從皮肉裏邊鑽出來了。

一九三二年四月六日星期六下午：

霞飛路，從歐洲移殖過來的街道。

在浸透了金黃色的太陽光和鋪滿了闊樹葉影子的街道上走着。在前面走着的一個年輕人忽然回過腦袋來看了她一眼，便和旁邊的還有一個年輕人說起話來。

她連忙豎起耳朵來聽：

年輕人甲——『五年前頂抖的黃黛茜嗎！』

年輕人乙——『好眼福！生得眞……阿門：』

年輕人甲——『可惜我們出世太晚了！阿門！女人是過不得五年的！』

猛的覺得有條蛇咬住了她的心，便橫衝到對面的街道上去。一擡腦袋瞧見櫥窗裏自家兒的影子——靑春是從自家兒身上飛到別人身上去了。

『女人是過不得五年的！』

便把上面的牙齒咬緊了下嘴唇——

嘴唇碎了的時候，心給那蛇吞了。

嘴唇碎了的時候，她又跑進買裝飾品的法國鋪子裏去了。

一九三二年四月六日星期六下午：

季潔的書房裏。

書架上放滿了各種版本的莎士比亞的 Hamlet，日譯本，德譯本，法譯本，俄譯本，西班牙譯本……甚至於土耳其文的譯本。

季潔坐在那兒抽煙，瞧着那煙往上騰，飄着飄着。忽然他覺得全宇宙都化了煙往上騰——各種版本的 Hamlet 張着嘴跟他說起話來啦：

『你是什麼？我是什麼？什麼是你？什麼是我？』

季潔把上面的牙齒咬着下嘴唇。

『你是什麼？我是什麼？什麼是你？什麼是我？』

嘴脣碎了的時候，各種版本的 Hamlet 笑了。

嘴脣碎了的時候，他自家兒也變了煙往上騰了。

一九×年——星期六下午。

市政府。

一等書記繆宗旦忽然接到了市長的手書。

在這兒幹了五年，市長換了不少，他卻生了根似地，祇會往上長，沒降過一次級，可是也從沒接到過市長的手書。

在這兒幹了五年，每天用正楷寫小字，坐沙發，喝清茶，看本埠增刊，從不遲到，從不早走，把一肚皮的野心，夢想，和羅曼史全扔了。

在這兒幹了五年，從沒接到過市長的手書，今兒忽然接到了市長的手書！便懷着抄寫公文的那種謹慎心情拆了開來。誰知道呢？是封撤職書。

一回兒，地球的末日到啦！

他不相信：

『我做錯了什麼事呢？』

再看了兩遍，撤職書還是撤職書。

他把上面的牙齒咬着下嘴唇：——

嘴唇破了的時候，墨盒裏的墨他不用再磨了。

嘴唇破了的時候，會計科主任把他的薪水送來了。

二　星期六晚上

厚玻璃的旋轉門：停着的時候，像荷蘭的風車；動着的時候，像水晶柱子。

五點到六點，全上海幾十萬輛的汽車從東部往西部衝鋒。

可是辦公處的旋轉門像了風車，飯店的旋轉門便像了水晶柱子。人在街頭站住了，交通燈的紅光潮在身上泛溢着，汽車從鼻子前擦過去。水晶柱子似的旋轉門一停，人馬上就魚似地游進去。

星期六晚上的節目單是：

1，一頓豐盛的晚宴，裏邊要有冰水和冰淇淋；

2，找戀人；

3，進夜總會；

4，一頓滋補的點心，冰水，冰淇淋和水菓絕對禁止。

（附註：醒回來是禮拜一了——因爲禮拜日是安息日。）

吃完了 Chicken à la king 是水菓，水菓是黑咖啡。戀人是 Chicken à la king 那麼嬌嫩的，水菓那麼新鮮的。可是她的靈魂是咖啡那麼黑色的……伊甸園裏逃出來的蛇啊！

星期六晚上的世界是在爵士的軸子上迴旋着的「卡通」的地球，那麼輕快，那麼瘋狂地；沒有了地心吸力，一切都建築在空中。

星期六的晚上，是沒有理性的日子。

星期六的晚上，是法官也想犯罪的日子。

星期六的晚上是上帝進地獄的日子。

帶着女人的人全忘了民法上的誘姦律。每一個讓男子帶着的女子全說自己還不滿十八歲，在暗地裏伸一伸舌尖兒。開着車的人全忘了在前面走着的，因爲他的眼珠子正在玩賞着戀人身上的風景線，他的手卻變了觸角。

星期六的晚上，不做賊的人也偷了東西，頂爽直的人也滿肚皮是陰謀，基督教徒說了謊話，老年人拚着命吃返老還童藥片，老練的女子全預備了 Kissproof 的點唇膏。……

街——

（普益地產公司每年純利達資本三分之一

100000　兩

東三省淪亡了嗎

沒有　東三省的義軍還在雪地和日寇作殊死戰

同胞們快來加入月捐會

大陸報銷路已達五萬份

一九三三年寶塔克

自由吃排）

『大晚夜報！』賣報的孩子張着藍嘴，嘴裏有藍的牙齒和藍的舌尖兒，他對面的那隻藍年紅燈的高跟兒鞋鞋尖正衝着他的嘴。

『大晚夜報！』忽然他又有了紅嘴，從嘴裏伸出舌尖兒來，對面的那隻大酒瓶裏倒出葡萄酒來了。

紅的街，綠的街，藍的街，紫的街……強烈的色調化裝着的都市啊！年紅燈跳躍着——五色的光潮，變化着的光潮，沒有色的光潮——泛濫着光潮的天空，天空中有了酒，有了煙，有了高跟兒鞋，也有了鐘……

請喝白馬牌威士忌酒……吉士煙不傷吸者咽喉……

亞力山大鞋店，約翰生酒鋪，拉薩羅煙商，德茜音樂鋪，朱古力糖菓鋪，國泰大戲院，漢密而登旅社……

迴旋着，永遠迴旋着的年紅燈——

忽然年紅燈固定了：

『皇后夜總會』

玻璃門開的時候，露着張印度人的臉；印度人不見了，玻璃門也關啦。門前站着個穿藍褂子的人，手裏拿着許多白哈吧狗兒吱吱地叫着。

一隻大青蛙，睜着兩支大圓眼爬過來啦，肚子貼着地，在玻璃門前吱的停了下來。低着腦袋，從車門裏出來了那麼漂亮的一位小姐，後邊兒跟着鑽出來了一位穿晚禮服的紳士馬上把小姐的胳膊拉上了。

『咱們買個哈吧狗兒。』

紳士馬上掏出一塊錢來，拿了支哈吧狗給小姐。

『怎麼謝我？』

小姐一縮脖子，把舌尖衔着他一吐，縐着鼻子做了個鬼臉。

"Charming, dear!"

便按着哈吧狗兒的肚子，讓牠吱吱地叫着，跑了進去。

三　五個快樂的人

白的檯布，白的檯布，白的檯布，白的檯布……白的——

白的檯布上面放着黑的啤酒，黑的咖啡，……黑的，黑的……

白的檯布旁邊坐着的穿晚禮服的男子：黑的和白的一堆；黑頭髮，白臉，黑眼珠子，白領子，黑領結，白的漿褶襯衫，黑外褂，白背心，黑褲子……黑的和白的……

白的檯布後邊站着侍者，白衣服，黑帽子，白褲子上一條黑鑲邊……

白人的快樂，黑人的悲哀。非洲黑人吃人典禮的音樂，那大雷和小雷似的鼓聲，一隻大號角嗚呀嗚的，中間那片地板上，一排沒落的斯拉夫公主們在跳着黑人的跚躂舞，一條條白的腿在黑緞裹着的身子下面彈着：——

得得得——得達！

又是黑和白的一堆！爲什麽在她們的胸前給鑲上兩塊白的緞子，小腹那兒鑲上一塊白的緞子呢？跳着，斯拉夫的公主們；跳着，白的腿，白的胸膛兒和白的小腹；跳着白的和黑的一堆……白的和黑的一堆。全場的人全害了瘧疾。瘧疾的音樂啊，非洲的林莽裏是有毒蚊子的。

哈吧狗從扶梯那兒叫上來。玻璃門開啦，小姐在前面，紳士在後面。

『你瞧，彭洛夫班的獵舞！』

『眞不錯！』紳士說。

舞客的對話：

『瞧，胡均益！胡均益來了。』

『站在門口的那個中年人嗎？』

『正是。』

『旁邊那個女的是誰呢？』

『黃黛茜嗎！嗳，你這人怎麼的！黃黛茜也不認識。』

『黃黛茜那會不認識。這不是黃黛茜！』

『怎麼不是？誰說不是？我跟你賭！』

『黃黛茜沒這麼年青！這不是黃黛茜！』

『怎麼沒這麼年青，她還不過三十歲左右嗎！』

『那邊兒那個女的有三十歲嗎？二十歲還不到——』

『我不跟你爭。我說是黃黛茜，你說不是，我跟你賭一瓶葡萄汁。你再仔細瞧瞧。』

黃黛茜的臉正在笑着，在瑙瑪希拉式的短髮下面，眼衹有了一支，眼角邊有了好多縐紋，卻巧妙地在黑眼皮和長眉尖中間隱沒啦。她有一隻高鼻子，把嘴旁的縐紋用陰影來遮了。可是那支眼裏的憔悴味是即使笑也遮不了的。

號角急促地吹着，半截白半截黑的斯拉夫公主們一個個的，從中間那片地板上，溜到白檯布裏邊，一個個在穿晚禮服的男子中間溶化啦。一聲小銅鈸像玻璃盤子掉在地上似地，那最後一個斯拉夫公主便矮了半截，接着就不見了。

一陣拍手，屋頂要會給炸破了似的。

黃黛茜把哈吧狗兒往胡均益身上一扔，拍起手來，胡均益連忙把拍着的手接住了那支狗，哈哈地笑着。

顧客的對說：

『行，我跟你賭！我說那女的不是黃黛茜——嚄，慢着，我說黃黛茜沒那麽年輕，我說她已經快三十歲了。你說她是黃黛茜。你去問她，她要是沒到二十五歲的話，那就不是黃黛茜，你輸我一瓶葡萄汁。』

『她要是過了二十五歲的話呢？』

『我輸你一瓶。』

『行！說了不准翻悔，啊？』

『還用說嗎？快去！』

黃黛茜和胡均益坐在白檯布旁邊，一個侍者正在她旁邊用白手巾包着酒瓶把橙黃色的酒倒到高脚杯裏。胡均益看着酒說：

『酒那麼紅的嘴唇啊！你嘴裏的酒是比酒還醉人的。』

『頑皮！』

『是一隻歌譜裏的句子呢。』

哈，哈，哈！

『對不起，請問你現在是二十歲還是三十歲？』

黃黛茜回過腦袋來，卻見顧客甲立在她後邊兒。她不明白他是在跟誰講話，祇望着他。

『我說，請問你今年是二十歲還是三十歲？因爲我和我的朋友在——』

『什麼話，你說？』

『我問你今年是不是二十歲？還是——』

黃黛茜覺得白天的那條蛇又咬住她的心了，猛的跳起來，拍，給了一個耳括子，馬上把手縮回來，咬着嘴唇，把腦袋伏在桌上哭啦。

胡均益站起來道：『你是什麼意思？』

顧客甲把左手掩着左面的腮幫兒：『對不起，請原諒我，我認錯人了。』鞠了一個躬便走了。

『別放在心裏，黛茜。這瘋子看錯人咧。』

『均益，我眞的看着老了嗎？』

『那裏?那裏在我的眼裏你是永遠年青的!』

黃黛茜猛的笑了起來:『在「你」的眼裏我是永遠年青的!哈哈,我是永遠年青的!』把杯子提了起來。『慶祝我的青春啊!』喝完了酒便靠胡均益肩上笑開啦。

『黛茜,怎麼啦?你怎麼啦?黛茜!瞧,你瘋了!你瘋了!』一面按着哈吧狗的肚子,吱吱地叫着。

『我才不瘋呢!』猛的靜了下來。過了囘兒猛的又笑了起來,『我是永遠年青的——咱們樂一晚上吧。』便拉着胡均益跑到場裏去了。

留下了一隻空檯子。

旁邊檯子上的人悄悄地說着:

『這女的瘋了不成!』

『不是黃黛茜嗎?』

『正是她！究竟老了！』

『和她在一塊兒的那男的很像胡均益，我有一次朋友請客，在酒席上碰到過他的。』

『可不正是他，金子大王胡均益。』

『這幾天外面不是謠得很厲害，說他做金子蝕光了嗎？』

『我也聽見人家這麼說。可是；今兒我還瞧見他坐了那輛「林肯，」陪了黃黛茜在公司裏買了許多東西的——我想不見得一下子就蝕得光，他又不是第一天做金子。』

玻璃門又開了，和笑聲一同進來的是一個二十二三歲的男子，還有一個差不多年紀的人扠着他的胳膊，一位很年輕的小姐擺着張焦急的臉走在旁邊兒，稍爲在後邊兒一點。那先進來的一個，瞧見了舞場經理的禿腦袋，一擡手用大手指在光頭皮上劃了一下：

『光得可以！』

便哈哈地捧着肚子笑得往後倒。

大夥兒全回過腦袋來瞧他：

禮服胸前的襯衫上有了一堆酒漬，一絲頭髮拖在腦門上，眼珠子像發寒熱似的有點兒潤溼，紅了兩片腮幫兒，胸襟那兒的小口袋裏胡亂地塞着條麻紗手帕。

『這小子喝多了酒咧！』

『喝得那個模樣兒！』

禿腦袋上給劃了一下的舞場經理跑過去幫着扶住他，一邊問還有一個男子：

『鄭先生在那兒喝了酒的？』

『在飯店裏嗎！喝得那個模樣還硬要上這兒來。』忽然湊着他的耳朵道：『你瞧見林小姐到這兒來沒有，那個林妮娜？』

『在這裏！』

『跟誰一同來的？』

這當兒，那邊兒桌子上的一個女的跟桌上的男子說：『我們走吧？那醉鬼來了！』

『你怕鄭萍嗎？』

『不是怕他。不是怕他喝醉了酒，給他侮辱了，化不來的。』

『要出去，不是得打他前邊兒過嗎？』

那女的便輭着聲音，說夢話似的道：『我們去吧！』

男的把腦袋低着些往前湊着些：『行，親愛的妮娜！』

妮娜笑了一下，便站起來往外走，男的跟在後邊兒。

舞場經理拿嘴衝着他們一呶：『那邊兒不是嗎？』

和那個喝醉了的男子一同進來的那女子插進來道：

『眞給他猜對了。那個不是長脚汪嗎？』

『糟糕！寃家見面了！』

長脚汪和林妮娜走過來了。林妮娜看見了鄭萍，低着腦袋，輕輕兒的喊：『明新！』

『妮娜，我在這兒，別怕！』

鄭萍正在那兒笑，笑着，笑着，不知怎麼的笑出眼淚來啦，猛的從淚珠兒後邊兒看出去，妮娜正衝着自家兒走來，樂得剛叫：

『妮——』

一擦淚，擦了眼淚卻清清楚楚的瞧見妮娜掛在長脚汪的胳膊上，便：

『妮！——你！——你哼什麼東西！』胳膊一掙。

他的朋友連忙又扠住了他的胳膊：『你瞧錯人咧，』扠着他往前走。同來的那位小姐跟妮娜點了點頭，妮娜淺淺兒的笑了笑，便低下腦袋和衛鄭萍瞪眼的長腳汪走出去了，走到門口，開玻璃門出去。剛有一對男女從外面開玻璃門進來，門上的年紅燈反映在玻璃上的光一閃——

一個思想在長腳汪的腦袋裏一閃：『那女的不正是從前扔過我的芝君嗎？怎麼和繆宗旦在一塊兒？』

一個思想在芝君的腦袋裏一閃：『長腳汪又交了新朋友了！』

長腳汪推左面的那扇門，芝君推右面的一扇門，玻璃門一動，反映在玻璃上的年紅燈光一閃，長腳汪馬上扠着妮娜的胳膊肘，親親熱熱地叫一聲：“Dear！……”

芝君馬上掛到繆宗旦的胳膊上，腦袋稍爲擡了點兒：『宗旦……』宗旦的腦袋裏是：『此致繆宗旦君，市長的手書，市長的手書，此致繆宗旦君……』

玻璃門一關上，門上的綠絲絨把長腳汪的一對和繆宗旦的一對隔開了。走到走廊裏正碰見打鼓的音樂師約翰生急急忙忙的跑出來，繆宗旦一揚手：

“Hullo，Johny！”

約翰生眼珠子歪了一下，便又往前走道：『等回兒跟你談。』

繆宗旦走到裏邊剛讓芝君坐下，祇看見對面桌子上一個頭髮散亂的人猛的一挣胳膊，碰在旁邊桌上的酒杯上，橙黄色的酒跳了出來，跳到胡均益的腿上，胡均益正在那兒跟黄黛茜說話，黄黛茜卻早已嚇得跳了起來。

胡均益莫明其妙地站了起來：『怎麼會翻了的？』

黄黛茜瞧着鄭萍，鄭萍歪着眼道：『哼，什麼東西！』

他的朋友一面把他按住在椅子上，一面跟胡均益賠不是：『對不起的很，他喝醉了。』

『不相干！』掏出手帕來問黄黛茜弄髒了衣服没有，忽然覺得自家的腿溼了，不由的笑了起來。

好幾個白衣侍者圍了上來，把他們遮着了。

這當兒約翰生走了來，在芝君的旁邊坐了下來：

『怎麼樣，Baby?』

『多謝你，很好。』

"Johny, you look very sad!"

約翰生聳了聳肩膀，笑了笑。

『什麼事？』

『我的妻子正在家生孩子，剛才打電話來叫我回去——你不是剛才瞧見我急急忙忙的跑出去嗎？——我跟經理說，經理不讓我回去。』說到這兒，一個侍者跑來道：

『密司特約翰生，電話。』他又急急忙忙的跑去了。

電燈亮了的時候，胡均益的桌子上又放上了橙黃色的酒，胡均益的臉又湊在黃黛茜的臉前面，鄭萍擺着張愁白了頭髮的臉，默默地坐着，他的朋友拿手帕在擦汗。芝君覺得後邊兒有人在瞧她，回過腦袋去，卻是季潔，那兩隻眼珠子像黑夜似的，不知道那瞳子有多深，裏邊有些什麽。

「坐過來吧？」

「不。我還是獨自個兒坐。」

「怎麽坐在角上呢？」

「我喜歡靜。」

「獨自個兒來的嗎？」

「我愛孤獨。」

他把眼光移了開去，慢慢地，像僵屍的眼光似地，注視着她的黑鞋跟，她不知怎麽的哆嗦了一下，把腦袋回過來。

『誰？』繆宗旦問。

『我們校裏的畢業生。我進一年級的時候，他是畢業班。』

繆宗旦在拗着火柴梗，一條條拗斷了，放在煙灰缸裏。

『宗旦，你今兒怎麼的？』

『沒怎麼！』他伸了伸腰，擡起眼光來瞧着她。

『你可以結婚了，宗旦。』

『我沒有錢。』

『市政府的薪水還不夠用嗎？你又能幹。』

『能幹——』把話咽住了，恰巧約翰生接了電話進來，走到他那兒：『怎麼啦？』

約翰生站到他前面，慢慢兒的道：『生出來一個男孩子，可是死了。我的妻子暈了過去。他們叫我回去，我卻不能回去。』

『暈了過去，怎麼呢？』

『我不知道。』便默着，過了回兒才說道：『我要哭的時候人家叫我笑！』

“I'm sorry for you, Johny!”

“Let's cheer up!”一口喝乾了一杯酒，站了起來，拍着自家兒的腿，跳着跳着道：

『我生了翅膀，我會飛！我會飛啊，我會飛，我會飛！』便那麼地跳着跳着的飛去啦。

芝君笑彎了腰，黛茜拿手帕掩着嘴，繆宗旦哈哈地大聲兒的笑開啦。鄭萍忽然也捧着肚子笑起來，胡均益趕忙把一口酒咽了下去跟着笑。

哈，哈哈！哈哈！哈哈，哈哈，哈哈！哈哈，哈哈哈！

黛茜把手帕不知扔到那兒去啦，脊梁蓋兒靠着椅背，臉望着上面的紅年紅燈。大夥兒也跟着笑——張着的嘴，張着的嘴，張着的嘴……越看越不像嘴啦。每個人的臉全變了模樣兒，鄭萍有了個尖下巴，胡均益有了個圓下巴，繆宗旦的下巴和嘴分開了，像從喉結那兒生出來的，黛茜下巴下面全是縐紋。

衹有季潔一個人不笑，靜靜地用解剖刀似的眼光望着他們，豎起了耳朵在深林中的獵狗似的，想抓住每一個笑聲。

繆宗旦瞧見了那解剖刀似的眼光，那豎着的耳朵，忽然他聽見了自家兒的笑聲，也聽見了別人的笑聲，心裏想着：——『多怪的笑聲啊！』

胡均益也瞧見了——『這是我在笑嗎？』

黃黛茜朦朧地記起了小時候有一次從夢裏醒來，看到那暗屋子，曾經大聲地嚷過的——『怕！』

鄭萍模模糊糊地——『這是人的聲音嗎？那些人怎麼在笑的！』

一回兒這四個人全不笑了。四面還有些咽住了的，低低的笑聲，沒多久也沒啦。深夜在森林裏，沒一點火沒一個人，想找些東西來倚靠，那麼的又害怕又寂寞的心情使襲着他們，小銅鈸嗆的一聲兒，約翰生站在音樂臺上：

“Cheer up, ladies and gentlemen!”

便咚咚地敲起大鼓來，那麼急地，一陣有節律的旋風似的。一對對男女全給捲到場裏去啦，就跟着那旋風轉了起來。黃黛茜拖了胡均益就跑，繆宗旦把市長的手書也扔了，鄭萍剛想站起來時，扠他進來的那位朋友已經把胳膊擱在那位小姐的腰上啊。

『全逃啦！全逃啦！』他猛的把手掩着臉，低下了腦袋，懷着逃不了的心境坐着。忽然他覺得自家兒心裏清楚了起來，覺得自家兒一點也沒有喝醉似的。擡起腦袋來，衹見給自己打翻了酒杯的桌上的那位小姐正跟着那位中年紳士滿場的跑，那樣快的步武，瘋狂似地。一對舞侶飛似的轉到他前面，一轉又不見啦。又是一對，又不見啦。『逃不了的！逃不了的！』一回腦袋想找地方兒躲似的，卻瞧見季潔正在凝視着他，便走了過去道：『朋友，我講笑話你聽。』馬上話匣子似的講着話。季潔也不作聲，祇瞧着他，心裏說：——

『什麼是你！什麼是我！我是什麼！你是什麼！』

鄭萍祇見自家兒前面是化石的眼珠子，一動也不動的，他不管，一邊講，一邊笑。

芝君和繆宗旦跳完了回來，坐在桌子上。芝君微微地喘着氣，聽鄭萍的笑話，聽了便低低的笑，還沒笑完，又給繆宗旦拉了去啦。季潔的耳朵聽着鄭萍，手指卻在那兒拗火柴梗，火柴梗完了，便拆火柴盒，火柴盒拆完了，便叫侍者再去拿。

侍者拿了盒新火柴來道：『先生，你的桌子全是拗斷了的火柴梗了！』

『四秒鐘可以把一根火柴拗成八根，一個鐘頭一盒半，現在是——現在是幾點鐘？』

『兩點還差一點，先生。』

『那麼，我拗斷了六盒火柴，就可以走啦。』一面還是拗着火柴。

侍者白了他一眼便走了。

顧客的對話：

顧客丙——『那傢伙倒有味兒，到這兒來拗火柴。買一塊錢不是能在家裏拗一天了嗎？』

顧客丁——『吃了飯沒事做，上這兒拗火柴來，倒是快樂人哪。』

顧客丙——『那喝醉了的傻瓜不樂嗎？一進來就把人家的酒打翻了，還駡人家什麼東西，現在可拚命和人家講起笑話來咧。』

顧客丁——『這溜兒那幾個全是快樂人！你瞧，黃黛茜和胡均益，還有他們對面的那兩個，跳得多有勁！』

顧客丙——『可不是，不怕跳斷腿似的。多晚了，現在？』

顧客丁——『兩點多咧。』

顧客丙——『咱們走吧？人家多走了。』

玻璃門開了，一對男女，男的歪了領帶女的蓬了頭髮，跑出去啦。

玻璃門又開了，又是一對男女，男的歪了領帶，女的蓬了頭髮，跑出去啦。

舞場慢慢兒的空了，顯着很冷靜的，祇見經理來回的踱，露着發光的禿腦袋，一回兒紅，一回兒綠，一回兒藍，一回兒白。

胡均益坐了下來，拿手帕抹脖子裏的汗道：『我們停一支曲子，別跳吧？』

黃黛茜說：『也好——不，爲什麼不跳呢？今兒我是二十八歲，明兒就是二十八歲零一天了！我得老一天了！我是一天比一天老的。女人是差不得一天的！爲什麼不跳呢，趁我還年輕？爲什麼不跳呢！』

『黛茜——』手帕還拿在手裏，又給拉到場裏去啦。

繆宗旦剛在跳着看見上面橫掛着的一串串汽球的繩子在往下鬆，馬上跳上去搶到了一個在芝君的臉上拍了一下道：『拿好了，這是世界！』芝君把汽球擱在他們的臉中間，笑着道：

『你在西半球，我在東半球！』

不知道是誰在他們的汽球上彈了一下，汽球碰的爆破啦。繆宗旦正在微笑着的臉猛的一怔：『這是世界！你瞧，那破了的汽球——破了的汽球啊！』猛的把胸噗兒推住了芝君的，滑冰似地往前溜，從人堆裏拐灣抹角的溜過去。

『算了吧，宗旦，我得跌死了！』芝君笑着喘氣。

『不相干，現在三點多啦，四點關門，沒多久了！跳吧！跳吧跳！』一下子碰在人家身上。

『對不起！』又滑了過去。

季潔拗了一地的火柴——

一盒，兩盒，三盒，四盒，五盒……

——鄭萍還在那兒講笑話，他自家兒也不知道在講什麽，儘笑着，儘講着。

一個侍者站在旁邊打了個呵欠。

——鄭萍猛的停住不講了。

『嘴乾了嗎？』——季潔不知怎麽的會笑了

——鄭萍不作聲，哼着：

『陌生人啊！

從前我叫你我的戀人，

現在你說我是陌生人！

陌生人啊！

………』

季潔看了看錶，便搓了搓手，放下了火柴：『還有二十分鐘咧。』

時間的足音在鄭萍的心上悉悉地響着，每一秒鐘像一隻螞蟻似地打他的心臟上面爬過去，一隻一隻地，那麼快的，卻又那麼多，沒結沒完的——『妮娜撓着腦袋等長腳汪的嘴唇的姿態啊！過一秒鐘，這姿態就會變的，再過一秒鐘，又會變的，變到現在，不知從等吻的姿態換到那一種姿態啦。』覺得心臟慢慢兒的縮小了下來，『講笑話吧！』可是連笑話也沒有咧。

時間的足音在黃黛茜的心上悉悉地響着，每一秒鐘像一隻螞蟻似地打她心臟上面爬過去，一隻一隻地，那麼快的，卻又那麼多，沒結沒完的——『一秒鐘比一秒鐘老了！「女人是過不得五年的。」——也許明天就成了個老太婆兒啦！』覺得心臟慢慢兒的縮小了下來。『跳哇！』可是累得跳也跳不成了。

時間的足音在胡均益的心上悉悉地響着，每一秒鐘像一隻螞蟻似地打他心臟上面爬過去，一隻一隻地，那麼快的，卻又那麼多，沒結沒完的……『天一亮，金子大王胡均益就是個破產的人了！法庭，拍賣行，牢獄……』覺得心臟慢慢兒的縮小了下來。他想起了牀旁小几上的那瓶安眠藥，餐間裏那把割猪排的餐刀，外面汽車裏在打磕睡斯拉夫王子腰裏的六寸手鎗，那麼黑的鎗眼……『這小東西裏邊能有什麼呢？』忽然渴望着睡覺，渴慕着那黑的鎗眼。

時間的足音在繆宗旦的心上悉悉地響着，每一秒鐘像一隻螞蟻似地打他心臟上面爬過去，一隻一隻地，那麼快的，卻又那麼多，沒結沒完的——『下禮拜起我是個自由人咧，我不用再寫小楷，我不用再一淸早趕到楓林橋去，不用再獨自個坐在二十二路公共汽車裏喝風；可不是嗎？我是自由人啦！『覺得心臟慢慢兒的縮小了下來。』樂吧！喝個醉吧！明天起沒有領薪水的日子了！』在市政府做事的誰能相信繆宗旦會有那墮落放浪的思想呢，那麼個謹愼小心的人？不可能的事，可是不可能事也終有一天可能了！

白檯布旁坐着的小姐們一個個站了起來，把手提袋拿到手裏，打開來，把那面小鏡子照着自家兒的鼻子擦粉，一面想：『像我那麼可愛的人——』因爲她們祇看到自家兒的鼻子，或是一隻眼珠子，或是一張嘴，或是一縷頭髮；沒有看到自家兒整個的臉。紳士們全拿出煙來，擦火柴點他們的最後的一枝。

音樂臺放送着：

『晚安了，親愛的！』俏皮的，短促的調子。

『最後一支曲子咧！』大夥兒全站起來舞着。場裏祇見一排排凌亂的白檯布，拿着掃帚在暗角裏等着的侍者們的打着呵欠的嘴，經理的禿腦袋這兒那兒的發着光，玻璃門開直了，一串串男女從夢裏走到明亮的走廊裏去。

咚的一聲兒大鼓，場裏的白燈全亮啦，音樂臺上的音樂師們低着身子收拾他們的樂器。拿着掃帚的侍者們全跑了出來，經理站在門口跟每個人道晚安，一回兒舞場就空了下來。剩下來的是一間空屋子，凌亂的，寂寞的，一片空的地板，白燈光把夢全趕走了。

繆宗旦站在自家兒的桌子旁邊——『像一隻爆了的汽球似的！』

黃黛茜望了他一眼——『像一隻爆了的汽球似的。』

胡均益嘆息了一下——『像一隻爆了的汽球似的！』

鄭萍按着自家兒酒後漲熱的腦袋——『像一隻爆了的汽球似的！』

季潔注視着掛在中間的那隻大燈座——『像一隻爆了的汽球似的。』

什麼是汽球？什麼是爆了的汽球？

約翰生綴着眉尖兒從外面慢慢兒的走進來。

"Good-night, Johny!"繆宗旦說。

『我的妻子也死了！』

"I'm awfully sorry for you, Johny!" 繆宗旦在他肩上拍了一下。

『你們預備走了嗎？』

『走也是那麼，不走也是那麼！』

黃黛茜——『我隨便跑那去，靑春總不會囘來的。』

鄭萍——『我隨便跑那去，妮娜總不會囘來的。』

胡均益——『我隨便跑那去，八十萬家產總不會囘來的。』

『等囘兒！我再奏一支曲子，讓你們跳，行不行？』

『行吧。』

約翰生走到音樂臺那兒拿了隻小提琴來，到舞場中間站住了，下巴扣看提琴，慢慢兒的慢慢兒的拉了起來，從棕色的眼珠子裏掉下來兩顆淚珠到絃線上面。沒了靈魂似的，三對疲倦的人，季潔和鄭萍一同地，胡均益和黃黛茜一同地，繆宗旦和芝君一同地在他四面舞着。

猛的，礶絃線斷了一條。約翰生低着腦袋，垂下了手：

“I can't help!”

舞着的人也停了下來，望他着怔。

鄭萍聳了聳肩膀道：“No one can help!”

季潔忽然看看那條斷了的絃線道：“C'est totne sa vie.”

一個聲音悄悄地在這五個人的耳旁吹噓着：“No one can help!”

一聲兒不言語的，像五個幽靈似地，帶着疲倦的身子和疲倦的心一步步的走了出去。

在外面，在胡均益的汽車旁邊，猛的礶的一聲兒。

車胎？槍聲？

金子大王胡均益躺在地上，太陽那兒一個槍洞，在血的下面，他的臉痛苦地縐着。黃黛茜嚇呆在車廂裏。許多人跑過來看，大聲地問着，忙亂着，談論着，太息着，又跑開去了。

天慢慢兒亮了起來，在皇后夜總會的門前，躺着胡均益的屍身，旁邊站着五個人，約翰生，季潔，繆宗旦，黃黛茜，鄭萍，默默地看着他。

四　四個送殯的人

一九三二年四月十日，四個人從萬國公墓出來，他們是去送胡均益入土的。這四個人是愁白了頭髮的鄭萍，失了業的繆宗旦，二十八歲零四天的黃黛茜，睜着解剖刀似的眼珠子的季潔。

黃黛茜——『我眞做人做疲倦了！』

繆宗旦——『他倒做完了人咧！能像他那麼憩一下多好啊！』

鄭萍——『我也有了顆老人的心了！』

季潔——『你們的話我全不懂。』

大家便默着。

一長串火車駛了過去，駛過去，駛過去，在悠長的鐵軌上，嘟的嘆了口氣。

遠遼的城市，遼遠的旅程啊！

大家太息了一下，慢慢兒的走着，——走着，走着。前面是一條悠長的，寥落的路……

遼遠的城市，遼遠的旅程啊！

一九三二，一二，二二。

Craven "A"

Craven "A" 的純正的郁味從爵士樂裏邊慢慢兒的飄過來。回過腦袋去——噢，又是她！坐在那邊兒的一張桌子上，默默地抽着煙。時常碰到的，那個有一張巴黎風的小方臉的，每次都帶了一個新的男子的姑娘。從第一次看到她就注意着她了，她有兩種眼珠子：抽着 Craven "A" 的時候，那眼珠子是淺灰色的維也勒絨似的，從淡淡的煙霧裏，眼光淡到望不見人似地，不經意地看着前面；照着手提袋上的鏡子擦粉的時候，舞着的時候，笑着的時候，說話的時候，她有一對狡黠的耗子似的深黑眼珠子，從鏡子邊上，從舞伴的肩上，從酒杯上，靈活地瞧着人，想把每個男子的靈魂全偷了去似地。

仔仔細細地瞧着她——這是我的一種嗜好。人的臉是地圖；研究了地圖上的地形，山脈，河流，氣候，雨量，對於那地方的民俗習慣思想特性是馬上可以瞭解的。放在前面的是一張優秀的國家的地圖：

北方的邊界上是一片黑松林地帶，那界石是一條白絹帶，像煤煙遮滿着的天空中的一縷白雲。那黑松林地帶是香料的出產地。往南是一片平原，白大理石的平原，——靈敏和機智的民族的發源地。下來便是一條葱秀的高嶺，嶺的東西是兩條狹長的纖細的草原地帶。據傳說，這兒是古時巫女的巢穴。草原的邊上是兩個湖泊。這兒的居民有着雙重的民族性：典型的北方人的悲觀性和南方人的明朗味；氣候不定，有時在冰點以下，有時超越沸點；有猛烈的季節風，雨量極少。那條高嶺的這一頭是一座火山，火山口微微地張着，噴着 Craven "A" 的郁味，從火山口裏望進去，看得見整齊的乳色的溶岩，在溶岩中間動着的一條火焰。這火山是地層裏蘊藏着的熱情的標誌。這一帶的民族還是很原始的，每年把男子當犧牲舉行着火山祭。對於旅行者，這國家也不是怎麼安全的地方。過了那火山便是海岬了。

下面的地圖給遮在黑白圖案的棋盤紋的，素樸的薄雲下面！可是地形還是可以看出來的。走過那條海岬，已經是內地了。那兒是一片豐腴的平原。從那地平線的高低曲折和彈性和豐腴味推測起來，這兒是有着很深的黏土層。氣候溫和，徘徊是七十五度左右；雨量不多不少；土地潤澤。兩座孿生的小山倔強地在平原上對峙着，紫色的峯在隱隱地，要冒出到雲外來似地。這兒該是名勝了吧。便玩想着峯石上的題字和詩句，一面安排着將來去遊玩時的秩序。可是那國家的國防是太脆弱了，海岬上沒一座要塞，如果從這兒偷襲進去，一小時內便能佔領了這豐腴的平原和名勝區域的。再往南看去，祇見那片平原變了斜坡，均勻地削了下去——底下的地圖叫橫在中間的桌子給擋住了！

南方有着比北方更醉人的春風，更豐腴的土地，更明媚的湖泊，更神祕的山谷，更可愛的風景啊！

一面憧憬着，一面便低下腦袋去。在桌子下面的是兩條海堤，透過了那網襪，我看見了白汁桂魚似的泥土。海堤的末端，睡着兩隻纖細的，黑嘴的白海鷗，沉沉地做着初夏的夢，在那幽靜的灘岸旁。

在那兩條海堤的中間的，照地勢推測起來，應該是一個三角形的冲積平原，近海的地方一定是個重要的港口，一個大商埠。要不然為什麼造了兩條那麼精緻的海堤呢？大都市的夜景是可愛的——想一想那堤上的晚霞，碼頭上的波聲，大汽船入港時的雄姿，船頭上的浪花，夾岸的高建築物吧！

那兩隻海鷗醒啦，跟着那「晚安吧維也納」的調子，在透明的空氣的海中飛着，自在地，安暇地，一會兒便混在一些海狗，一些黃鯊魚，一些黑鯨魚中間咧。Craven "A" 在桌上寂寞地燃着。

『我時常碰到的，坐在那邊兒那隻桌子上的小方臉的，穿黑白格子的那位姑娘。你認識她嗎？』我問浩文，他正想站起來。

『那一個，你說？』他又坐了下來。

『就是那一個，和一個有小髭髭的男子在跳的。』

這當兒她和小髭髭舞到我們桌子前面來了；瞧見了浩文，跟他點了點腦袋

『就是她！』

『她嗎？就是我上次跟你說過的那個 Hot Baby 呢！』浩文笑了起來，瞧着他的舞伴林苔莉小姐。

林小姐撇了撇嘴唇道：『瞧我幹嗎？』

浩文對我說道：『怎麼？你想認識她嗎？』

我說：『想了好久了。她是個有趣的人物。』

『快別說啦。再說下去，我們的林小姐要不高興了。』

『怎麼？林小姐跟她講不來的嗎？』

『不是講不來，我又不認識她，祇是——可是，你們男子爲什麼專愛認識她呢？那麼個小方臉，我實在看不出什麼地方漂亮？』

浩文輕輕地在我耳朶旁說道：『你說的那位姑娘就是余慧嫻，大名鼎鼎的余慧嫻。』

『就是她嗎？』

我知道許多她的故事的；差不多我的朋友全曾到這國家去旅行過的，因爲交通便利，差不多全祇一兩天便走遍了全國，在那學生的小山的峯石上，他們全題過詩詞，老練的還是了當地一去就從那港口登了岸，再倒溯到北方去的，有的勾留了一兩天，有的勾留了一禮拜，回來後便向我誇道着這國家的風景的明媚。大家都把那地方當一個短期旅行的佳地。

浩文又說下去道：『你知道的，我們都跟她說過愛她，可是誰是真的愛她呢？那麼Cheap！的人是很可愛的一個人，暫時玩玩是可以的，你要真的愛上了她，那就糟了！在香港，一個人是爲着她死了，一個人還關在獄裏，你瞧她卻在這兒樂，那麼危險的人呢。你如果要我介紹……』

我點了點腦袋。

（一個被人家輕視着的女子短期旅行的佳地明媚的風景在舞場海水浴場電影院郊外花園公園裏生長着的香港被玩弄的玩弄着別人的被輕視的被輕視的給社會擠出來的不幸的人啊）

忽然，對於她，我發生了一種同情，一種懷念：『她自家兒可知道是被人家輕視着玩弄着呢？』——那麼地想着。

一支調子完了，她從我們的桌子前走過回到自家兒的桌上去，給浩文一把抓住了。

『在這兒坐一回吧。』

她坐了下來，看着我道：『浩文，又給我介紹新朋友嗎？』

『對了，袁野邨先生，余慧嫻小姐，』

『袁先生，請你到我桌上去拿一拿煙。』

『我有煙。』

『不。我要 Craven "A"。』

『爲什麼要 Craven "A" 呢？』

『我愛牠那淡淡的淺灰色的煙味。』

便走到她桌子上，把在蓋上蹲着隻黑貓的紅盒子拿了來，給她擦亮了火，點了：

『我叫你 Craven"A" 小姐。』

『留心，黑貓是帶着邪氣的。』

『黑貓也是幸福的象徵。』

忽然她說道：『你坐過來些，我跟你講句話。』要告訴我什麼祕密似的向我招着手。把腦袋湊了過去。她悄悄的說道：『我叫你黑貓，好不好？』——那麼稚氣地。我不由笑了出來。

林小姐在鼻子裏冷笑了一聲兒。她的眼光在告訴我：『可不是嗎，那麼 Cheap 的！』我替 Craven "A" 難受；我瞧着她，她卻很高興地笑着，不明白林小姐的笑似地。

她祇抽了兩口，便把在煙蒂兒上染着脣脂的煙捲遞給了我。一面抽着這蜜味的煙，一面問：『怎麼我辛辛苦苦去拿了來，你又不抽了呢？』

『沒事做，心裏膩煩的時候才抽煙的。』

『現在不膩煩嗎？』

點了點腦袋。

『爲什麼不膩煩呢？』

『因爲——過來！』

把耳朵過湊去。她瞧着浩文，在我耳朵旁悄悄兒的說道：『因爲你有一張可愛的男性的臉哪！』說着便掩着臉笑起來。猛的我覺得腿上給踢了一下，看時，祇見那兩隻黑嘴的白海鷗剛飛了回去，躲在她椅子底下，擡起腦袋來時，她卻在手指縫裏偷看我。對於那麼沒遮攔的大膽的孩氣，我祇有傻子似地說着：『頑皮的孩子！』忽然她把手掩住了我的嘴叫別做聲，把我手裏的煙捲又搶了去，默默地坐着，噴着淡淡的煙，臉上沒有笑勁兒，也沒有狡黠的耗子的眼珠子。我瞧見的是什麼呢？是一對淺灰色維也勒絨似的眼珠子。

音樂臺那兒輕輕地飄起來的是一隻感傷的，疲倦的調子，初夏的最後一朵玫瑰，很熟悉的一隻民謠。

這是初夏的最後一朵玫瑰，

獨自地開着；

她默默地坐着。我默默地坐着。在我前面的不是余慧嫻，被許多人傾倒着的余慧嫻，卻是一個寂寞的，疲倦的，半老的婦人的剪影。

沒有人憐惜她頰上的殘紅，

沒有人爲了她的太息而太息！

初夏的最後一朵玫瑰從弦線上消逝了的時候，她太息了一下道：「你知道那隻調子嗎？很熟很熟的一隻舊調子。」

「我很喜歡那隻調子的。」

「我簡直是比什麼還愛着這隻調子。我六歲的時候，一個夏天的晚上母親教了我這支歌；這支歌我還記着，母親卻早就死了。我把這支歌教了紹明，這支歌我還記着，紹明呢？我把這支歌教了許多人，現在這些人全變了我的陌生人。這支歌是和我的一切記憶，一同地存在着的……」

我聽着這半老的婦人向我絮絮地訴說着，在桌子上隔着兩隻酒杯：在舞着的時候，臉貼着我的襯衫，在舞場門口，掛在我的胳膊上，在歸家途中的汽車上，靠着我的肩膀。

暮春的晚上真是有點兒熱。便推開了窗，站在七層樓的窗口，看外面溶解在燈光中的街景，半夜的都市是睡熟了，祇有年紅燈的眼珠子在藍藍的被單下看着人。把她放在我口袋裏的半包 Craven "A" 掏出來抽着。淡淡的煙霧飄到夜空裏邊，兩個幻像飄到我的眼前。

一個是半老的，疲倦的，寂寞的婦人，看不見人似地，不經意地，看着我：

一個是年青的，孩氣的姑娘向我嘻嘻地笑着。

又想起了浩文的話，林小姐的冷笑的眼光……寂寞啊！每天帶着一個新的男子，在爵士樂中消費着青春，每個男子都愛她，可是每個男子都不愛她——我為她寂寞着。

「可是我愛着她呢，因為她有一顆老了的心，一個年青的身子。

二十一日誌」

第二天從電影院出來，在車裏：

『我愛你呢！』悄悄地吹嘘着。

『你也想做我的 Gigolo 嗎？』

『爲什麼不做你的戀人呢？』

『我是不會愛一個男子的。如果是第一次碰到你，你對我說：「我愛你呢！」我就說：「還是剛認識呢，讓我過幾天再愛你吧。」如果是一個月的交情，你對我說：「我愛你呢！」我就說：「我是不會再愛你了的。」如果是一年的交情，你對我說：「我愛你呢！」我就說：「我不認識你。」』

拐個彎，把車往荒僻的馬路上開去。

『你會愛「我」的。』

『不會的。』

『會的，因爲我愛着你。』

『沒有一個男子能眞誠地永遠地愛着一個女人的——』忽然她把我的胳膊緊緊地拉着：『剛才電影裏瑙瑪希拉的表情還記得嗎；』

回過腦袋去，祇見她稍微擡着點兒腦袋，眼珠子閃着醉人的光采：『瞧，是不是這麼的？』睫光慢慢兒的蓋到下眼皮上。

扳住了塞車，把車前的燈關了的時候，在自家兒的下巴下面發現了一張微微地戰慄着的嘴。『記得的，後來那男子就抱住她了。』便噙住了那隻戰慄着的櫻桃。

她在我耳旁悄悄地：『壞東西！』

『我也表演給你看呀。』

『每天打個電話來，壞東西！』

『爲什麼？』

『因爲你是我的 Gigolo，壞東西！』

『你才是壞東西！』

『黑貓，你是眞的愛着我嗎？』

『眞的。』

『我不信，你是壞東西！』

二

夜風，輓歌似地吹着。從上面望下去，兩排街燈無盡線延着，汽車的前燈夜海裏的探照燈似的互相交織。夜的都會浮在黑暗的海中，朦朧地，粉畫似地。

大月亮的尖角鉤住在棕櫚樹的闊葉子上，生着棕色的毛髮的樹幹前面坐着一對對的男女。音樂臺那兒是大紅大綠的，生硬的背景，原始的色調。圍着年紅燈的野火，坐着一夥土人，急促的蛇皮鼓把人的胃也震撼着。拍着手，吹着號角，嚷着，怕森林裏的猛獸襲來似地。在日本風的紙燈下，亂跳亂抖着的是一羣暫時剝去了文明，享受着野蠻人的音樂感情的，追求着末梢神經的刺激的人們。

跟着Rumba的節奏，鐘擺似地搖動着腦袋和肩膀，Craven "A" 舞着，把頭髮陽傘似地撒了開來，在小鬍髭的懷裏。小鬍髭給累得一腦的汗，喘着氣，高興地笑着。我搖着大蒲扇，看着這非洲的黑女兒：

『那麼瘋狂地跳着啊！』

覺得大地真的馬上要沉下去的樣子。

倩蘋忽然在我的身邊說道：『不准看她！』

『爲什麼呢？』

『那種人！』

一個穿黑旗袍的女子在我前面急急地走過，在我旁邊站住了，往場子中間瞧，一張生氣的臉。

『你瞧，這是小鬍髭的妻子，有把戲瞧的了。』倩蘋高興了起來。

這女子瞧見了小鬍髭，便氣虎虎的走了進去，一把拖開了他在怔住了的 Craven "A" 的腮幫兒上，拍的一下耳括子。

『賤貨！不要臉的賤貨！』

在我身邊的倩蘋拍起手來。我看見許多桌子上的女子們笑着。

『也許她們要把小鬍髭的妻子擡在頭上，當民族英雄地遊行着了，』——那麼想着，便把高興着的倩蘋扔在桌上，走了過去，卻見那小鬍髭低着腦袋，Craven "A" 已經跑到外面走廊裏去了。

我追到走廊裏，剛巧見到她跨進電梯。我趕進電梯，她瞧見了我，便坍了的建築物似地倒在我懷中哭了起來，受了委屈的孩子似地。

五樓，四樓，三樓，二樓——那麼地跌了下去。

「我們去喝點兒酒吧？」

「好的，孩子。」

走出酒店門的時候，她的頭髮遮了她的一隻眼珠子，嘴裏有葡萄味的酒香，沒擦胭脂的腮幫兒也紅了。把煙蒂兒塞在我口袋裏，走上車去。

在車裏，她哈哈地笑着。

「一隻貓，兩隻狗，……」說着那麼的話。

「就是那麼的，那時我是十七歲……他說，親愛的，再喝一杯……就是那麼的……你知道嗎？……心也跳得那麼厲害……

（拉着我的手去按在她胸嘆兒上。）

就是那麼的，他把我抱到牀上，我什麼也不知道……今天我沒醉，我還會說話……第二天起來，我發覺自家兒是睡在一個旅館裏的牀上，我的貞操，碎紙片似地散了一地……』

腦袋靠到我肩膀上，慢慢兒的沒了聲音，溶了的雪人似的。在肩旁的是一個睡了的孩子。在睡夢中還是用嘴說着話：『我哭着……他不說話……是的……他不說話……後來，就不見了……』

車在我的 Apartment 前停下來時，她已經連話也不說了，沉沉地睡在我的胳膊上面。我托着她下車，把她擱在臂上，抱進門，管門的印度人對我笑着。抱着她進電梯，開電梯的歪帶着黑呢的制帽，在金線繡的『司機人』三個字下笑着。走到房間門口，侍者彎着腰開門時，忽然側着腦袋對我笑着。等我走進了屋子，那房間門便咯的鎖了。我懂得那些笑懂得那些咯的鑰匙聲的。

把她放到牀上時，我已經連襯衫也浸透了汗啦。

躺在牀上的是婦女用品店橱窗裏陳列的石膏模型。胸嘍兒那兒的圖案上的紅花，在六月的夜的溫暖的空氣裏，在我這獨身漢的養花室裏盛開了，揮發着熱香。這是生物，還是無生物呢？石膏模型到了晚上也是裸體的。已經十二點鐘咧！便像熟練的橱窗廣告員似地，我卸着石膏模型的裝飾。高跟兒鞋，黑漆皮的腰帶，——近代的服裝的裁製可眞複雜啊！一面欽佩裁縫的技巧，解了五十多顆扣子，我總算把這石膏模型從衣服裏拉了出來。

這是生物，還是無生物呢？

這不是石膏模型，也不是大理石像，也不是雪人；這是從畫上移殖過來的一些流動的線條，一堆 Cream，在我的被單上繪着人體畫。

解了八條寬緊帶上的扣子，我剝了一層絲的夢便看見兩條白蛇交疊着，短褲和寬緊帶無賴地垂在腰下，纏住了她。粉紅色的 Corset 緊緊地嚙着她的胸肉——衣服還要脫了，Corset 就做了皮膚的一部份嗎？覺得剛才喝下去的酒從下部直冒上來。忽然我知道自家兒已經不是櫥窗廣告員，而是一個坐着「特別快」快通過國境的旅行者了。便看見自家兒的手走到了那片豐腴的平原上，慢慢兒的爬着那孿生的小山，在峯石上題了字，剛要順着那片斜坡往大商埠走去時，她忽然翻了個身，模模糊糊的說了兩句話，又翻了過來，撅着的嘴稍爲張着點兒，孩子似地。

『完全像個孩子似地！』——便想起了在舞場裏的電梯裏，她一見到我便倒在懷裏哭出來的模樣。那麼地倚賴着我啊！

給她蓋上了一層毯子，我用冷水洗了一個臉，把自家兒當作她的父親，當作她的哥，跑去關了電燈，坐在沙發裏，連衣服也沒脫，睡了。做了一晚的夢：夢着坐飛機；夢着生了翅膀，坐在飛機上再往上飛去；夢見溜冰來了，夢見自家兒從山頂上滑下來，嘶的一下子，便睡熟啦。後來又做起夢來，夢見一隻蚊子飛到我鼻子裏，癢得厲害，拿手指去捉，牠又飛了出來，一放下手，牠又飛進去啦，臨了，我一張嘴，打了個噴嚏，睜開眼來，卻見一隻眼珠子狡黠地笑着，她蹲在我前面，手裏拿了細紙條，頭髮還蓬亂着。

『壞東西！』擦了擦鼻子，打了個呵欠。

『你在這兒睡了一晚上嗎？』

『牀上不是給你睡去了嗎？』

『衣服是你給我脫的嗎？』

『我解了五十多顆扣子呢！』

『爲什麼不替我把短褲和 Corset 也脫了，給我換上睡衣呢？你瞧，不是很容易的嗎？在這兒一解就行了。害我一晚上沒睡舒服。』

『換了別人早就給你脫了。你看，我是在沙發上坐了一晚上的。』

『親愛的！』忽然捧了我的臉，吻了一下，叫我把眼皮閉上，便又睡熟咧。再醒回來時便不見了她。

晚上回來，袋裏的鑰匙怎麼也摸不到，便叫侍者開了門。房間裏鋪滿了一地月光，窗紗是那麼地皎潔，窗是一個靜靜的星空，牀那兒黑得可愛。也不想開燈，換了睡衣，在黑兒裏邊抽了支煙，看着得月光移到牀上去，照得半牀青。走到牀邊，躺下了，一支手伸到裏牀去拉被，不料卻觸在一個人的身上，給嚇得直跳起來，卻給她把一支胳膊拉住了。黑兒裏是一個窗紗那麼皎潔的人體，沒有 Corset 也沒有短褲。

『今天沒喝醉，在這兒等了好久了。』

『早上是你把我的鑰匙拿去的嗎？』

我又躺了下去，昨天的酒又從下部冒了起來。

三

吃了早飯，坐在窗前看報的時候，忽然接到了一個女子聲音的電話。『大概又是離婚案件吧？』——那麼地想着拿了電話筒。

『——袁律師公館。』

『嚇死我了，——袁律師公館！』

『你是誰？』

『你知道我是誰？』

我聽出來了，是 Craven “A” 的清脆的，帶着橙子香的聲音。

『你嗎？』

『爲什麼不來看我？』

『唔……我……』我真的有點兒忘了她了，因為近來剛接到了三件爭遺產的大訟案，實在忙得不得了。

『別唔呀我的，馬上就來！』

『在電話筒裏給我個吻，我就來。』

電話筒裏嘖的一聲兒，接着就是笑聲，一面兒便斷了；我再講話時，那邊兒已經沒了人。

（嘖嘖嘖嘖）

這聲音雷似地在我腦子裏邊鬨鬧着，我按着她寫給我的地址，走到法租界很荒僻的一條馬路上。找到五十八號是一座法國式的小屋子，上去按了按鈴右邊一排窗裏的一扇，打開了，從綠窗帷裏探出一顆腦袋來。

『咪……！』學着貓叫，銜着我噴了口煙。

我走到窗口，她卻在綠窗帷後面消隱了。爬在窗外，我喊『慧嫻！』

『咪……！』她卻亭亭地站在門口，穿着西服，圓領子給晨風吹了起來。

走到門口，她便拉着我的手，非常高興地跳到裏邊客室裏去。很簡單的陳設，一張長沙發，兩張軟椅，一隻圓桌，一個壁爐，一張小儿，一隻坐墊放在地上，一架無線電播音機，一隻白貓躺在壁爐前的磁磚上，熱得伸着舌尖。從綠窗帷裏漏進一絲太陽光來，照在櫥鐘的腿上。這是一個靜寂的六月的早晨。我坐到軟椅上：

『你好嗎？快樂嗎？』

她把坐墊拿過來，孩子似地坐在我腳下，擡着腦袋，鸚鵡似地說着話：『眞是寂寞呢。又是夏天！那麼長的夏天！你瞧，全出去了，我獨自個兒在家裏抽着煙。寂寞啊！我時常感到的。你也有那種感覺嗎？一種切骨的寂寞，海那樣深大的，從脊椎那兒直透出來，不是眼淚或是太息所能洗刷的，愛情友誼所能撫慰的——我怕牠！我覺得自家兒是孤獨地站在地球上面，我是被從社會切了開來的。那樣的寂寞啊！我是老了嗎？還祇二十歲呢！爲什麼我會有那種孤獨感那種寂寞感？』

『所以你有了這許多 Gigolo 嗎？』

『Gigolo？是的，我有許多。你瞧！』把桌子上的一本貼照簿拿給我，便跑着去啦。

打開那本厚厚的貼照簿，全是在闊領帶上笑着的男子。我正在翻。她拿着隻精緻的小銀箱，一杯鮮橘水，一盒糖跑來了：『你瞧，這小銀箱裏的東西。』銀箱裏是手帕和信札，在那褪色的絹上和陳舊的紙上有些血畫的心，和血寫的字。『這許多人！有的說，要是我再不愛他的話，他要自殺了，有的說預備做獨身漢，有的預備憎恨着天下所有的女子。……可是要自殺的到現在還健康地活着，到處跟人家說：「那麼 Cheap 的！值得爲了她自殺嗎？」預備做獨身漢的卻生了子女，預備做女性憎恨者的卻在瘋狂地追求着女性，一面卻說：「我從前愛錯了，會去愛上了那麼 Cheap 的一個女子！」男子全是有一張說謊的嘴的，他們倒知道輕視我！他們不是找不到女朋友的時候，不會來找我的。說我玩弄他們——他們是眞的愛我不成？屁！……那麽的寂寞啊！祇有揪着頭髮，默默地坐着抽着煙。』受了委屈的孩子似地，枕在我膝蓋上撅的嘴。

『好孩子，我還是愛着你呢！』撫着她的頭髮。

『我不信。』忽然囘過腦袋來，跪在地上看着我，扯着我的領子：『眞的嗎？眞的嗎！』

『眞的。』

她便豎直了身子，胳膊圍着我的脖子，把我的腦袋拉下去：『眞的嗎？』把身子全掛在我的脖子上面，搖着我的肩膀：『可是眞的嗎？眞的嗎！』

輕輕地在她嘴上吻了一下：『眞的！』

她一動不動地，緊緊地看着我的眼珠子。

『你不信嗎？』

她放了手，忽然斷了氣似地，坍到我腿上，脊梁靠着我的膝蓋：『我不信。他們說我Cheap！Cheap！Cheap 他們說我 Cheap！』青色的寂寞從她臉上浮過，不再做聲了，像睡熟了似地。

她的腿伸在前面脚下的兩隻黑嘴白海鷗，默默地。

我懂得這顆寂寞的心的。

初夏的最後一朶玫瑰從她嘴裏，又像是從海鷗的嘴裏漏了出來，太息似地。

四

沒有人憐惜她頰上的殘紅，

沒有人爲了她的太息而太息！

爲了解決三件爭遺產的大訟案。我忙了一個多禮拜，又到南京去了一次。去南京的時候，我在車站上打了個電話給她，想告訴她我囘來後就去看她。不料打了五個電話，那邊老說是姓夏，末了一個，我把她的電話號碼說出來問是不是這個號碼。

『是的。是三八九二五。』

『是法租界姓余的嗎？』

那邊過了一囘才說道：『是的，你找誰？』

『我找慧嫻。對不起，煩你去請你們的小姐來聽電話。』

『我們這兒沒這麼個人的。』便斷了。

當時，我因爲急着搭車，也沒再打。從南京囘來後，我在房間裏的桌子上看到了一封信，是大前天寄出的郵戳，拆開來時，裏邊是一把鑰匙，和一張很小的素箋。

『黑貓：

我去了。我相信世上大概祇有你一個人還會記着我吧！

Craven "A" 』

我坐下來，在桌上拿了支 Craven "A" 抽着，從煙霧裏飄起了一個影子，一個疲倦的，寂寞的，半老的婦人的影子。

這是初夏的最後一朵玫瑰，

獨自地開着；

抽完了煙，我便把那把鑰匙放到一隻藏紀念物的小匣子裏邊。我預備另外再配一把鑰匙了。

一九三二年，二月，二日寫。

公墓

一

黑的大理石，白的大理石，在這純潔的大理石底下，靜靜地躺着我的母親。墓碑是我自家兒寫的——

『徐母陳太夫人之墓

民國十八年二月十五日兒克淵書』

二

四月，愉快的季節。

郊外，南方來的風，吹着暮春的氣息。這兒有晴朗的太陽，蔚藍的天空；每一朵小野花都含着笑。這兒沒有爵士音樂，沒有立體的建築，跟經理調情的女書記。田野是廣闊的，路是長的，空氣是靜的，廣告牌上的紳士是不會說話，祇會抽煙的。

在母親的墓前，我是純潔的，愉快的；我有一顆孩子的心。

每天上午，我總獨自個兒跑到那兒去，買一束花，放在母親的墓前，便坐到常青樹的旁邊，望着天空，懷念着遼遠的孤寂的母親。老帶本詩集去，躺在草地上讀，也會帶口琴去，吹母親愛聽的第八交響曲。可是在母親墓前，我不抽煙，因爲她是討厭抽煙的。

管墓的爲了我天天去，就和我混熟了，時常來跟我瞎拉扯。我是愛說話的，會嘮叨地跟他說母親的性情，說母親是怎麼個人。他老跟我講到這死人的市府裏的居民，講到他們的家，講到來拜訪他們的人。

『還有位玲姑娘也是時常到這兒來的。』有一天他這麼說起了。『一來就像你那麼的得坐上這麼半天。』

『我怎麼沒瞧見過？』

『瞧見過的。不十分愛說話的，很可愛的十八九歲的模樣兒，小個子。有時和她爹一塊兒來的。』

我記起來了，那玲姑娘我也碰到過幾回，老穿淡紫的，稍微瘦着點兒，她的臉和體態我卻沒有實感了，祇記得她給我的印象是矛盾的集合體，有時是結着輕愁的丁香，有時是愉快的，在明朗的太陽光底下嘻嘻地笑着的白鴿。

『那座墳是她家的？』

『斜對面，往右手那邊兒數去第四，有花放在那兒的——瞧到了沒有？玲姑娘今兒早上來過啦。』

那座墳很雅潔，我曾經把牠和母親的墳比較過，還記得是姓歐陽的。

『不是姓歐陽的嗎？』

『對啦。是廣東人。』

『死了的是她的誰？』

『多半是她老娘吧。』

『也是時常到這兒來伴母親的孤兒呢。』當時我祇這麽想了一下。

三

那天我從公墓裏出來，在羊齒植物中間的小徑上走着，卻見她正從對面來了，便端詳了她一眼。帶着墓場的冷感的風吹起了她的袍角，在她頭髮上吹動了闇闇的海，很有點兒瀟洒的風姿。她有一雙謎似的眼珠子，蒼白的臉，腮幫兒上有點兒焦紅，一瞧就知道是不十分健康的。她叫我想起山中透明的小溪，黃昏的薄霧，戴望舒先生的『雨巷』，蒙着梅雨的面網的電氣廣告。以後又碰到了幾次。老瞧見她獨自個兒坐在那兒，含着沈默的笑望着天邊一大塊一大塊的白雲，半閉着的黑水晶藏着東方古國的祕密。來的時候兒總是獨自個來的，祇有一次我瞧見她和幾位跟她差不多年齡的姑娘到她母親墓旁的墓地上野餐。她們大聲地笑着，談着。她那愉快的笑是有傳染性的，大理石石獅子，半折的古柱，風呂草，全對我嚷着：

『愉快啊——四月，戀的季節！』

我便『愉快啊』那麼笑着；杜鵑在田野裏叫着丁香的憂鬱，沿着鄉下的大路走到校裏，便忘了饑餓地回想着她廣東味的帶鼻音的你字。為了這你字的嫵媚我崇拜着明媚的南國。

接連兩天沒瞧見她上公墓去，她母親的那座墳是寂寞的，沒有花。我坐在母親的墓前，低下了腦袋憂鬱着。我是在等着誰——等一聲遠遠兒飄來的天主堂的鐘，等一陣晚風，等一個紫色的朦朧的夢。是在等她嗎？我不知道。幹嗎兒等她呢？我並不認識她。是懷念遼遠的母親嗎？也許是的。可是她來了，便會『愉快啊』那麽地微笑着，這我是明白的。

第三天我遠遠兒的望見她正在那兒瞧母親的墓碑。懷着吃朱古力時的感覺走了過去，把花放到大理石上：

『今兒你來早了。』

就紅了臉。見了姑娘紅着臉窘住了，她祇低低的應了一聲兒便淡淡的走了開去。瞧她走遠了，我猛的倒了下去，躺在草地上；沒有嘴，沒有手，沒有視覺，沒有神經中樞，我祇想跳起來再倒下去，倒下去再跳起來。我是無軌列車，我要大聲的嚷，我要跑，我要飛，力和熱充滿着我的身子。我是偉大的。猛的我想起了給人家瞧見了，不是笑話嗎？那麼瘋了似地！才慢慢兒的靜了下來，可是我的思想卻加速度地飛去了，我的腦纖維組織爆裂啦。成了那麼多的電子，向以太中躥着。每一顆電子都是愉快的，在我耳朵旁邊蒼蠅似地嗡嗡的叫。想着想着，可是在想着什麼呢？自家兒也不知道是在那兒想着什麼。我想笑；我笑着。我是中了 spring fever 吧？

『徐先生你的花全給你壓扁啦。』

那管墓的在嘴角兒上叨着煙蒂兒，拿着把剪小樹枝的剪刀。我正躺在花上，花眞的給我壓扁了。他在那兒修剪着圍着我母親的墓場的矮樹的枝葉。我想告訴他我跟玲姑娘講過了，告訴他我是快樂的。可是笑話哪。便拔着地上的草和他談着。

晚上我悄悄的對母親說：『要是你是在我旁邊兒，我要告訴你，你的兒子瘋了。』可是現在我跟誰說呢?同學們要拿我開玩笑的。睡到早上,天剛亮,我猛的坐了起來望了望窗外,操場上沒一個人,温柔的太陽的觸手撫摩着大塊的土地。我想着晚上的夢,那些夢卻像雲似的飛啦,捉摸不到。又躺下去睡啦,——睡啦,像一個幸福的孩子。

下午,我打了條闊領帶——我愛穿連領的襯衫,不大打領帶的。從那條悠長的煤屑路向公墓那兒走去。温柔的風啊!火車在鐵路上往那邊兒駛去,嚷着,吐着氣,喘着一臉的汗。儘那邊兒,蒙着一層煙似的,瞧不清楚,祇瞧得藍的天,廣闊的田野,天主堂的塔尖,青的樹叢。花房的玻璃棚反射着太陽的光線,池塘的水面上有蒼老的青苔,岸上有柳樹。在矮籬旁開着一叢薔薇,一棵桃花。我折了條白楊的樹枝,削去了椏枝和樹葉,當手杖。

一個法國姑娘,戴着白的法蘭西帽,騎在馬上踱着過來,她的笑勁兒裏邊有地中海旁葡萄園的香味。我笑,揚一揚手裏的柳條,說道:

『愉快的四月啊!』

『你打牠一鞭吧。』

我便在馬腿上打了一鞭，那馬就跑去了。那法國姑娘回過身來揚一揚胳臂。她是親熱的。挑着菜的鄉下人也對我笑着。

走到那條往母親墓前去的小徑上，我便往她家的墳那兒望，那墳旁的常青樹中間露着那淡紫的旗袍兒，亭亭地站在那兒哪，在樹根的旁邊，在黑綢的高跟兒鞋上面，一雙精緻的脚！紫色的丁香沉默地躺在白大理石上面，紫色的玲姑娘，沉默地垂倒了腦袋，在微風裏邊。

『她也在那兒啊：和我在一個蔚藍的天下面存在着，和我在一個四月中間存在着，吹動了她的頭髮的風就是吹起了我的闊領帶的風哪！』——我是那麼沒理由地高興。

過去和她談談我們的母親吧。就這麼冒味地跑過去不是有點兒粗野嗎？可是我眞的走過去啦，裝着滿不在乎的臉，一個把墳墓當作建築的藝術而欣賞着的人的臉。她正在那兒像在想着什麼似的，見我過去，顯着爲難的神情招呼了一下，便避開了我的視線。

吞下了炸彈哪，吐出來又不是，不吐出來又不是。再過一回兒又得紅着臉窘住啦。

『這是你母親的墓吧？』究竟這麼說了。

她不作聲，天眞的嘴犄角兒送來了懷鄉病的笑，點下了腦袋。

『這麼晴朗的季節到郊外來伴着母親是比什麼都有意思的。』祇得像獨自那麼的扮着滑稽的角色，覺得快要變成喜劇的場面了。

『靜靜地坐在這兒望着藍天是很有味的。』她坐了下去，不是預備拒絕我的模樣兒。

『時常瞧見你坐在那兒，你母親的墓上，——你不是天天來的嗎？』

『差不多天天來的。』我也跟着坐了下去同時——『不會怪我不懂禮貌吧？』這麼地想着。『我的母親頂怕螞蝗哪！』

『母親啊！』她又望着遠方了，沉默地笑着，在她視線上面，在她的笑勁兒上面，像蒙了一層薄霧似的，暗示着一種溫暖的感覺。

我也喝醉了似地，躺在她的朦朧的視線和笑勁兒上面了。

『我還記得母親幫我逃學，把我寄到姑母家裏，不讓爹知道。』

『母親替我織的絨衫子，我三歲時穿的絨衫子還放在我放首飾的小鐵箱裏。』

『母親討厭抽煙，老從爹嘴上把雪茄搶下來。』

『母親白愛芙蓉，我愛紫丁香。』

我的爹有點兒怕母親的。

『跟爹鬥了嘴，母親也會哭的，我瞧見母親哭過一次。』

『母親啊!』

『靜靜地在這大理石下面躺着的正是母親呢!』

『我的母親也靜靜地躺在那邊兒大理石下面哪!』

在懷念着遼遠的母親的情緒中,混和着我們中間友誼的好感。我們絮絮地談着母親生前的事,像一對五歲的孩子。

那天晚上,我在房裏邊跳着兜圈兒,把自家弄累了才上牀去;躺了一回兒又坐起來。宿舍裏的燈全熄了,我望着那銀色的海似的操場,那球門的影子,遠方的樹。默默地想着,默默地笑着。

四

每天坐在大理石上,和她一同地,聽着那寂寂的落花,靠着墓碑。說她不愛說話的人是錯了，一講到母親那張契默的嘴裏，就結結巴巴地泛溢着活潑的話。就是緘默的時候，她的眼珠子也會說着神祕的話，祇有我聽得懂的話。她有近代人的敏感，她的眼珠子是情緒的寒暑表，從那兒我可以推測氣壓和心理的晴雨。

姑娘們應當放在適宜的背景裏，要是玲姑娘存在在直線的建築物裏邊，存在在銀紅的，黑和白配合着的強烈顏色的衣服裏邊，存在在爵士樂和 neon light 裏邊，她會喪失她那種結着淡淡的哀愁的風姿的。她那蹙着的眉尖適宜於垂直在地上的白大理石的墓碑，常青樹的行列，枯花的淒涼味。她那明媚的語調和夢似的微笑卻適宜於廣大的田野，晴朗的天氣，而她那蒙着霧似的視線老是望着遼遠的故鄉和孤寂的母親的。

有時便伴着她在田園間慢步着，聽着在她的鞋跟下揚起的戀的悄語。把母親做中心點，往外，一圈圈地劃着談話資料的圓。

『我頂喜歡古舊的鄉村的空氣。』

『你喜歡騎馬嗎？騎了馬在田野中跑着，是年輕人的事。』

『母親是死在西湖療養院的，一個五月的晚上。肺結核是她的遺產；有了這遺產，我對於運動便是絕緣體了。』說到肺結核，她的臉是神經衰弱病患者的。

爲了她的健康，我憂鬱着。『如果她死了，我要把她葬在紫丁香塚裏，彈着mando-lin，唱着蕭邦的流浪曲，伴着她，像現在伴着母親那麼地。』——這麼地想着。

戀着一位害肺病的姑娘，猛的有一天知道了她會給肺結核菌當作食料的，眞是痛苦的事啊。可是痛苦有嗎用呢？

『那麼，你幹嗎不住到香港去哪？那兒不是很好的療養院嗎？南方的太陽會醫好你的。』我眞希望把她放在暖房裏花似的培養着哪……小心地在快枯了的花朵上洒着水——做園丁是快樂的。我要用紫色的薄綢包着她，蓋着那麼開着的花蕊，成天地守在那兒，不讓蜜蜂飛近來。

『是的，我愛香港。從我們家的窗子裏望出去，可以看到在細雨裏蛇似地蜿蜒着維多利亞市的道路。我愛那種淡淡的哀愁。可是父親獨自個兒在上海寂寞，便來伴他；我是很愛他的。』

走進了一條小徑，兩邊是矮樹紮成的籬子。從樹枝的底下穿過去，地上有從樹葉的空隙裏漏下來的太陽光，螞蚱似的爬在蔓草上；蔓草老纏住她的鞋跟，一纏住了，便輕輕地頓着脚，蹙着眉尖說：

『討厭的……』

那條幽靜的小徑是很長的，前面從矮籬裏邊往外伸着蒼鬱的夏天的灌木的胳臂，那迷離的葉和花遮住了去路。地上堆滿着落花，風呂草在脚下怨恨着。俯着身子走過去，悉悉地踐着混了花瓣的鬆土。猛的矮籬旁伸出枝薔薇來，枝上的刺鉤住了她的頭髮，我上去幫着她摘那些刺，她歪着腦袋瞧。這麼一來，我便忘了給薔薇刺出血來的手指啦。

走出了那條小徑。啊，瞧哪！那麼一大片麥田，沒一座屋子，沒一個人！那邊兒是一個池塘，我們便跑到那兒坐下了。是傍晚時分，那麼大的血色的太陽在天的那邊兒，站在麥穗的頂上，藍的天，一大塊一大塊的紅雲，紫色的暮靄罩住了遠方的麥田。水面上有柳樹的影子，我們的影子，那麼清晰的黑暗。她輕輕地喘着氣，散亂的頭髮，桃紅的腮幫兒——可是肺病的徵象哪！我憂鬱着。

『廣大的田野！』

『藍的天！』

『那太陽，黃昏時的太陽！』

『還有——』『還有什麼呢？還有她啊；她正是黃昏時的太陽！可是我沒講出來。爲什麼不說呢？說『姑娘，我戀着你。』可是我膽怯。祇輕輕地『可愛的季節啊！』這麼嘆息着。

『瞧哪！』她伸出脚來，透明的，淺灰的絲襪子上面爬滿了毛蟲似的草實。

『我……我怎麼說呢？我要告訴你一個故事。從前有一位姑娘，她是像花那麼可愛的，是的，像丁香花。有一癡心的年輕人戀着她，可是她不知道。那年輕人天天在她身旁，可是他卻是孤獨的，憂鬱的。那姑娘是不十分康健的，他爲她掛慮着。他是那麼地戀着她，祇要瞧見了她便覺得幸福。他不敢請求什麼，也不敢希冀什麼，祇要她知道他的戀，他便會滿意的。可是那姑娘卻不知道；不知道他每晚上低低地哭泣着……』

『可是那姑娘是誰哪？』

『那姑娘……那姑娘？那姑娘是一位紫丁香似的姑娘……是的，不知在那本書上看來的一箇故事罷咧。』

『可愛的故事哪。借給我那本書吧。』

『我忘了這本書的名字，多喈找到了便帶給你。就是找不到，我可以講給你聽的。』

『可愛的故事哪！可是，瞧哪，在那邊兒，那邊是我的故鄉啊！』蒙着霧似的眼珠子望着天邊，嘴犄角兒上掛着夢似的笑。

我的戀，沒誰知道的戀，沉默的戀，埋在我年輕的心底。

『如果母親還活着的話，她會知道的；我會告訴她的。我要跪在她前面，讓她撫着我的頭髮，告訴她，她兒子隱祕的戀。母親啊！』我也望着天邊，嘴犄角兒上掛着寂寞的笑，睜着憂鬱的眼。

五

在課堂前的石階上坐着，從懷裏掏出母親照片來悄悄地跟她說。

『母親，爹愛着你的時候兒是怎麼跟你說的呢？他也講個美麗的，暗示的故事給你聽的嗎？他也是像我那麼膽怯的嗎？母親，你爲什麼要生一個膽怯的兒子哪？』

母親笑着說：『淘氣的孩子。沉默地戀着不也很好嗎？』

我悄悄地哭了。深夜裏跑到這兒來幹嗎呢？夜風是冷的，夜是默靜而温柔的；在幸福和憂鬱雙重壓力下，孩子的心是脆弱的。

彈着 mandolin，低低地唱着，靠在墓碑上：

『我的生命有一箇祕密，
一箇青春的戀。
可是我戀着的姑娘不知道我的戀，
我也祇得沈默。

天天在她身邊，我是幸福的，
可是依舊是孤獨的；
她不會知道一顆痛苦的孩子的心，
我也祇得沈默。

她聽着這充滿着「她」的歌時。
她會說：「她是誰呢？」
直到年華度盡在塵土，我不會向她明說我的戀，
我是祇得沉默！』
我低下了腦袋，默默地。玲姑娘坐在前面：

『瞧哪，像憂鬱詩人萊諾的手杖哪，你的臉！』

『告訴你吧，我的祕密……』可是我永遠不會告訴她眞話的。『我想起了母親呢！』

便又默着了。我們是時常靜靜地坐着的。我不願意她講話，瞧了她會說話的嘴我是痛苦的。有了嘴不能說自家兒的祕密，不是痛苦的啞子嗎？我到現在還不明白爲什麼我那時不明說；我又不是不會說話的人。可是把這麼在天眞的年齡上的純潔的姑娘當作戀的對象，眞是犯罪的行爲呢。她是應該瑪利亞似地供奉着的，用殉教者的熱誠，每晚上爲她的康健祈禱着。再說她講多了話就喘氣，這對於她的康健有妨礙。我情願讓她默着。她默着時，她的髮，她的閉着的嘴，她的精緻的鞋跟會說着比說話時更有意思的悄語，一種新鮮的，得用第六覺去諦聽的言語。

那天回去的路上，塵土裏有一朵殘了的紫丁香。給人家踐過的。她拾了起來裏在白手帕裏邊，塞在我的口袋裏。

『我家裏有許多這麼的小紫花呢，古董似的藏着，有三年前的，乾得像紙花似的。多嗜到我家裏來瞧瞧吧。我有媽的照片和我小時候到現在的照片；還有貴重的糖菓，青色的書房。』

第二天是星期日，我把那天的日記抄在下面：

『五月二十八日

我不想到爹那兒去，也不想上母親那兒去。早上朋友們約我上麗娃栗妲搖船去；他們說那邊兒有柳樹，有花，有快樂的人們，在蘇州河裏邊搖船是江南人的專利權。我拒絕了。他們說我近來變了。是的，我變了，我喜歡孤獨。我時常獨自個兒在校外走着，思量着。我時常有失眠的晚上，可是誰知道我怎麼會變的？誰知道我在戀着一位孤寂的姑娘！母親知道的，可是她不會告訴別人的。我自家兒也知道，可是我告訴誰呢？

今兒玲姑娘在家裏伴父親。我成天地坐在一條小河旁的樹影下，啞吧似的，什麼事也不做，戴了頂闊邊草帽。夏天慢慢兒的走來了，從那邊田野裏，從布穀鳥的叫聲裏。河邊的草像半年沒修髮的人的鬍髭。田岸上走着光了上半身的老實的農夫。天上沒一釘點雲。大路上，趁假日到郊外來騎馬的人們；他們的白帆布馬褲在馬背上閃爍着，我是寂寞的。

晚上，我把春天的衣服放到箱子裏，不預備再穿了。

明兒是玲的生日，我要到她家裏去。送她些什麼禮呢？我要送她一册戴望舒先生的詩集，一束紫丁香，和一顆痛苦着的心。

今晚上我會失眠的。』

六

灑水車嘶嘶地在瀝青路上走過，戴白帽的天主教徒喃喃地講着她們的故國，櫥窗裏擺着小巧的日本的遮陽傘，絲睡衣。不知那兒已經有蟬聲了。

牆上系滿着藤葉，窗子前種着顆芭蕉，悉悉地響着。屋子前面有個小園，沿街是一溜法國風的矮柵。走進了矮柵，從那條甬道上走到屋子前的石階去，祇見門忽然開了，她亭亭地站在那兒笑着，很少見的頑皮的笑。等我走近了，一把月季花的子拋在我臉上，那些翡翠似的子全在我臉上爆了。『早從窗口那兒瞧見了你哪。』

『這是我送你的小小的禮物。』

『多謝你。這比他們送我的那些糖啦，珠寶啦可愛多啦。』

『我知道那些你愛好的東西。』懇切地瞧着她。

可是她不會明白我的眼光的。我跟了她進去，默着。陳設得很簡單的一間書房，三面都有窗。一隻桃花木的寫字臺靠窗放着，那邊兒角上是一隻書架，李清照的詞，凡爾蘭的詩集。

『你懂法文的嗎？』

『從前我父親在法國大使館任上時，帶着我一同去的。』

她把我送她的那本『我底記憶』放到書架上。屋子中間放着隻沙發榻，一隋天鵝絨的坐墊，前面一隻圓几，上面放了兩本貼照簿，還有隻小沙發。那邊靠窗一隻獨腳長几，上面一隻長頸花瓶，一束紫丁香。她把我送她的紫丁香也插在那兒。

『那束丁香是爹送我的。牠們枯了的時候，我要用紫色的綢把牠們包起來，和母親織的絨衫在一塊兒。』

她站在那兒，望着那花。太陽從白窗紗裏透過來，撫摸着紫丁香的花朵和她的頭髮，溫柔地。窗紗上有芭蕉的影子。閒靜浸透了這書房。我的靈魂，思想，全流向她了，和太陽的觸手一同地撫摸着那丁香，她的頭髮。

『爲什麼罩着重那兩束丁香呢?』

她囘過身來，用那蒙着霧似的眼光望我，過了一囘才說道：『你不懂的。』我懂的！這霧似的眼光，這一刹那，這一句話，在我的記憶上永遠是新鮮的。我的靈魂會消滅，我的身子會朽腐，這記憶永遠是新鮮的。

窗外一箇戴白帆布遮陽帽的影子一閃，她猛的跳起來，跑了出去。我便瞧一下壁上的陳設。祇掛着一架銀灰的畫框，是 Monet 的田舍畫，蒼鬱的夏日的色采和簡樸的線條。

『爸，你替我到客廳裏去對付那夥兒客人吧。不，你先來瞧瞧他，就是我時常提到的那個孩子。他的母親是媽的鄰舍呢！你瞧瞧，他也送了我一束紫丁香……』她小鳥似的躲在一個中年人的肩膀下面進來了。有這麼個女兒的父親是幸福的。這位幸福的父親的肘下還夾着半打魚肝油，這使我想起實驗室裏石膏砌的骨骼標本，和背着大鬍魚的丹麥人。他父親臉上還剩留着少年時的風韻。他的身子是強壯的。怎麼會生了瘦弱的女兒呢？瞧了在他脅下嬌小的玲姑娘，我憂鬱着。他把褂子和遮陽帽交給了她，掏出手帕來擦一擦腦門上的汗，沒講幾句話，便帶了他那體貼女兒的臉一同出去了。

「會客室裏還有客人嗎？」

「討厭的賀客。」

「爲什麼不請他們過來呢？」

「這間書房是我的，我不願意讓他們過來鬧。」

「我不相干。你伴他們談去吧。疎淡了他們不大有禮貌的。」

「我不是答應了你一塊兒看照片的嗎？」

便坐在那沙發榻上翻着那本貼照簿。從照上我認識了她的母親，嘴角和瘦削的臉和她是很像的。她拿了一大盒禮糖來跟我一塊兒喫着。貼照簿裏邊有一張她的照片，是前年在香港拍的：坐在一叢紫丁香前面，那熟悉的笑，熟悉的視線，臉比現在豐腴，底下寫着一行小字：“Say it with flowers.”

『誰給你拍的？』

『爸……』這麼說着便往外跑。『我去弄 Tea 你喫。』

那張照片，在光和影上，都夠得上說是上品，而她那種夢似的風姿在別的照片中是找不到的。我儘瞧着那張照，一面卻：『爲什麼她單讓我一個人走進她的書房來呢？爲什麼她說我不懂的？不懂的……不懂的……什麼意思哪，那麼地瞧着我？向她說吧，說我愛她……啊！啊！可是問她要了這張照吧！我要把這張照片配了銀灰色的框子，掛在書房裏，和母親的照一同地，也在旁邊放了隻長脚几，插上了紫丁香，每晚上跪在前面，爲她祈福。』——那麼地沉思着。

她拿了銀盤子進來，給我倒了一杯牛奶紅茶，還有一碕香蕉餅，兩片麵包。

『這是我做的。在香港我老做椰子餅和荔子餅給父親喫。』

她站到圓桌旁瞧我喫，孩氣地。

『你自家兒呢？』

『我剛才喫了糖不能再喫了，健康的人是幸福的；我是祇有喫魚肝油的福分。廣東有許多荔子園，那麼多的荔子，黑珠似的掛在枝上，那透明的荔肉！』

『你今天很快樂哪！可不是嗎？』

『因爲我下星期要到香港了，跟着父親。』

『什麼？』我把嘴裏的香蕉餅也忘了。

『怎麼啦？還要囘來的。』

剛才還饞嘴地喫着的香蕉餅，和喝着牛奶紅茶全喫不下了，跟她說呢？還是不跟她說？神經組織頓時崩潰了下來，——沒有脊椎，沒有神經，沒有心臟的人了哪！

『多喒走哪？』

『後天。應該來送我的。』

『準來送你的。可是明兒我們再一同去看看母親吧？』

『我本來預備去的。可是你爲什麼不喫哪？』

我瞧着她，默着——說還是不說？

『不喫嗎？討厭的。是我自家兒做的香蕉餅哪！你不喫嗎？』蹙着眉尖，輕輕地頓着脚，笑着，催促着。

像反芻動物似地，我把香蕉餅喫了下去，又吐了出來，再嚼着，好久才喫完了。她坐到鋼琴前面彈着，Kiss me good night, not good bye, 感傷的調子懶懶地在紫丁香上迴旋着，在窗後面躲着。天慢慢兒的暗了下來，黃昏的微光從窗子那兒偷偷的進來，爬滿了一屋子。她的背影是模糊的，她的頭髮是闇闇的。等她彈完了那調子，闔上了琴蓋，我就戴上了帽子走了。她送我到柵門邊，說道：

『我今兒是快樂的！』

『我也是快樂的！再會吧。』

『再會吧！』揚一揚胳臂，送來了一箇微笑。

我也笑着走到路上，回過腦袋來，她還站在門邊向我揚着胳臂。前面的一串街燈是小姐們晚禮服的鑽邊。忽然我發現自家兒眼眥上也掛着燈珠子似的，閃耀着，落下去了；在我手裏的母親照片中的臉模糊了。

『爲什麼不向她說呢？』後悔着。

回過身去瞧，那書房臨街的窗口那兒有了淺綠的燈光，直照到窗外窺視着的藤上，而那依依地，寂寞地，響着的是鋼琴的幽咽的調子，嘹亮的聲音。

七

第二天，祇在墓場裏巡行了一回，在母親的墓上坐着。她也注意到了我的陰鬱的臉色，問我爲什麽。『告訴她吧？』那麽地想着終究還是說了一句：

『懷念着母親呢！』

天氣太熱，她的紗衫已經給汗珠輕薄地浸透了背上，裏面的襯衣自傲地賣弄着風情。她還要整理行裝，我便催着她囘去了。

送行的時候連再會也沒說，那船便慢慢地離開了碼頭，可是她眼珠子說着的話我是懂得的。我站在碼頭上，瞧着那隻船。她和她的父親站在船欄後面……海是靑的，海上的溼風對於她的康健是有妨害的。我要爲她祝福。

她走了沒幾天，我的父親爲了商業的關係上天津去，得住幾年，我也跟着轉學到北平了。臨走時給了她一封信，寫了我北平的地址。

每天坐在窗前，聽着沙漠裏的駝鈴，年華的蛩音。這兒有晴朗的太陽，蔚藍的天空，可是江南的那一種風，這兒是沒有的。從香港她寄了封信來，說下月便到上海來；她說香港給海濱浴場，音樂會，夜總會，露天舞場佔滿了，每天祇靠着窗欄逗鸚鵡玩。第二封信來時，她已經在上海啦；她說，上海早就有了秋意，窗前的紫丁香枯了，包了放在首飾箱裏，鸚鵡也帶了來就掛在放花瓶的那隻獨脚几旁，也學會了太息地說：

『母親啊！』

她又說還是常上公墓那兒去的，在墓前現在是祇有菊花啦。可是北平祇有枯葉呢，再過幾天，括黃沙的日子快來咧。等着信的時間是長的，讀信的時間是短的——我恨中國航空公司，爲什麼不開平滬班哪？列車和總統號在空間運動的速度是不能和我的脈搏相應的。

『從褪了金黃色的太陽光裏，從郊外的獵角聲裏，秋天來了。我咳嗽着。沒有恐懼，沒有悲哀，沒有喜樂，秋天的重量我是清楚的。再過幾天，我又要每晚上發熱了。秋天淌冷汗，在我，是慣常的事。

多噶我們再一同到公墓呢？你的母親也許在那兒懷念你哪！

——玲十月二十三日』

『咳嗽得很厲害，發了五天熱，臉上泛着桃色。父親憂慮着。趕明兒得進醫院了。每年冬季總是在蝴蝶似的看護婦，寒熱表，硝酸臭味裏邊過的，想不到今年這麼早就進去了。

希望你天天寫信來，在醫院裏這是生活的必需品。

——玲十一月五日』

『我瘦多了。今年的病比往年兒着點兒。母親那兒好久不去了；等病好了，春天來了，我想天天去。

我在懷念着在墓前坐着談母親的日子啊！

又：醫生禁止我寫信，以後恐怕不能再寫了。

——玲十一月十四日』

來了這封信後，便祇有我天天地寫信給她，來信是沒了。每寫一封信，我總『告訴她吧？』——那麼地思忖着。末了，便寫了封很長的信給她，告訴她我戀着她，可是這封信卻從郵局裏退回來啦，那火漆還很完固的。信封上寫着：『此人已出院。』

『怎麼啦？怎麼啦？好了嗎？還是……還是……』便想起那魚肝油白色的療養院，冷冷的公墓，她母親的墓，新的草地，新的墓，新的常春樹，紫丁香……可是那墓場的冷感的風啊……冷感的風……冷感的風啊！

趕忙寫了封信到她家裏去，連呼吸的閒暇也沒有地等着覆信。究竟來了，看到信封上的蒼老的筆跡，我覺得心臟跳了出來，人是往下沈，往下沈。信是這麼寫着的：

『年輕人，你遲了。她是十二月二十八葬到她母親墓旁的。臨死的時候兒她留下來幾件東西給你。到上海來時來看我一次吧，我可以領你去拜訪她的新墓。

歐陽旭。』

『遲了！遲了！母親啊，你爲什麼生一個膽怯的兒子呢？』沒有眼淚，沒有太息，也沒有悔恨，我祇是低下了腦袋，靜靜地，靜靜地坐着。

一年以後，我跟父親到了上海，那時正是四月。我掉上了去年穿的那身衣服，上玲姑娘家去。又是春天啦，瞧哪，那些年輕的臉。我叩了門，出來開門的是她的爹，這一年他臉上多了許多縐紋，老多了。他帶着我到玲姑娘的書房裏。窗前那隻獨脚几還在那兒，花瓶也還在那兒。什麼都和去年一樣，沒什麼變動。他叫我坐一會，跑去拿了用綢包着的，去年我送玲姑娘的，枯了的紫丁香，和一本金邊的貼照簿給我。

『她的遺產是兩束枯了的紫丁香，兩本她自家兒的照片，她吩咐我和你平分。』

我是認識這兩件東西的，便默默地收下了，記起了口袋裏還有她去年給我的從地上檢來的一朵丁香。

『瞧瞧她的墓去吧？』

便和他一塊兒走了。路上買了一束新鮮的丁香。

郊外，南方來的風，吹着暮春的氣息；晴朗的太陽，蔚藍的天空，每一朵小野花都含着笑。田野是廣闊的，路是長的，空氣是靜的，廣告牌上的紳士是不會說話，祇會微笑的。

走進墓場的大門，管墓的高興地笑着說道：

『歐陽先生，小姐的墓碑已經安上了。』

見了我，便——

『好久不見了！』

『是的。』

走過母親的墓，我沒停下來。在那邊兒，黑的大理石，白的大理上有一塊新的墓碑：

『愛女歐陽玲之墓』

我不會忘記的，那夢似的笑，蒙着霧似的眼光，不十分健康的膚色，還有『你不懂的。』我懂的，可是我遲了。

他脫下了帽子，我也脫下了帽子。

一九三二，三，十六日。

夜

哀愁也沒有，歡喜也沒有——情緒的眞空。

可是，那兒去哪？

江水嘩啦嘩啦地往岸上撞，撞得一嘴白沫子的回去了。夜空是暗藍的，月亮是大的，江心裏的黃月亮是彎曲的，多角形的。從浦東到浦西，在江面上月光直照幾里遠，把大月亮拖在船尾上，一隻小舢板在月光上駛過來了，搖船的生着銀髮。

江面上飄起了一聲海關鐘。

風吹着，吹起了水手服的領子，把煙蒂兒一彈彈到水裏。

五月的夜啊，溫柔的溫柔的……

老是這麼的從這口岸到那口岸，歪戴着白水手帽，讓風吹着領子，擺着大褲管，夜遊神似地，獨自個兒在夜的都市裏蹓着。古巴的椰子林裏聽過少女們叫賣椰子的歌聲，在馬德里的狹街上瞧披繡巾的卡門黑鬢上的紅花，在神戶的矮屋子裏喝着菊子夫人手裏的茶，可是他是孤獨的。

一個水手，海上的吉普西。家在那兒哪？家啊！

去吧？便走了，懶懶地。行人道上一對對的男女走着，街車裏一個小個子的姑娘坐在大水手的中間，拉車的堆着笑臉問他要不要玩姑娘，他可以拉他去……

哀愁也沒有，歡喜也沒有——情緒的真空。

真的是真空嗎？

喝點兒酒吧;喝醉了的人是快樂的——上海不是快樂的王國嗎?

一拐彎走進了一家舞場。酒精的刺激味,側着肩膀頓着脚的水手的舞步大鼓呯呯的敲着炎熱南方的情調,翻在地上的酒杯和酒瓶,黃澄澄的酒濃冽的色情,……這些熟悉的,親切的老朋友們啊。可是那粗野的醉漢的笑聲是太響着點兒了!

在桌上坐下了,喝着酒。酒味他是知道的,像五月的夜那麼地醉人。大喇叭反覆地吹着:

我知道有這麼一天,
我會找到她,找到她,
我流浪夢裏的戀人。

舞着的人像沒了靈魂似地在音樂裏溶化了。他也想溶化在那裏邊兒,可是光覺得自家兒流不到那裏邊兒去，祇是塑在那兒，因爲他有了化石似的心境和情緒的眞空。

有幾個姑娘我早就忘了，
忘了她像黃昏時的一朵霞；
有幾個還留在我記憶裏，——
在水面，在煙裏，在花上，
她老對我說：
「瞧見沒？我在這裏。」

因爲他有了化石似的心境和情緒的眞空，因爲他是獨自個兒喝着酒，因爲獨自個兒喝着酒是乏味的，因爲沒一個姑娘伴着他……

右手那邊兒桌上有個姑娘坐在那兒，和半杯咖啡一同地。穿着黑褂子，束了條闊腰帶，從旁邊看過去，她有個高的鼻子，精緻的嘴角，長的眉梢和沒有擦粉的臉，手托着下巴坷兒，憔悴地。她的頭髮和鞋跟是寂寞的。

狠狠的抽了口煙，把燙手的煙蒂兒彈到她前面，等她回過腦袋來便像一個老練家似地大手指一抹鼻翅兒，跟她點了點腦袋：

“Huilo baby.”

就站起來走過去，她祇冷冷地瞧着他一張沒有表情的臉。眼珠子是飽滿了風塵的，嘴唇抽多了煙，歪着點兒。

『獨自個兒嗎？』

不作聲，拿起咖啡來喝了點兒。從喝咖啡的模樣兒看來她是對於生，沒有眷戀，也沒有厭棄的人。可是她的視線是疲倦的。

『在等誰呢？』

一邊掏出煙來，遞給她一枝。她接了煙，先不說話，點上了煙，抽了一口，把煙噴出來，噴滅了火柴，一邊折着火柴梗，一邊望着手裏的煙捲兒慢慢兒的：

『等你那麼的一個男子哪。』

『你瞧着很寂寞的似的。』

『可不是嗎？我老是瞧着很寂寞的。』淡淡的笑了一笑，一下子那笑勁兒便沒了。

『爲什麼呢？這裏不是有響的笑聲和太濃的酒嗎？』

她祇從煙裏邊望着他。

『還有太瘋狂的音樂呢！可是你爲什麼瞧着也很寂寞的！』

他祇站了起來，拉了她，向着那隻大喇叭，舞着。

舞着：這兒有那麼多的人，那麼煊亮的衣服，那麼香的威士忌，那麼可愛的娘兒們，那麼溫柔的旋律，誰的臉上都帶着笑勁兒，可是那笑勁兒像是硬堆上去的。

一個醉鬼猛的滑了一交，大夥兒鬨的笑了起來。他剛爬起來，又是一交摔在地上。扯住了旁人的腿，擡起腦袋來問：

「我的鼻子在那兒？」

他的夥伴把他拉了起來，他還一個勁兒嚷鼻子。

他聽見她在懷裏笑。

「想不到今兒會碰到你的，找你那麼的姑娘找了好久了。」

「爲什麼找我那麼的姑娘呢？」

「我愛憔悴的臉色，給許多人吻過的嘴唇，黑色的眼珠子，疲倦的神情……」

「你到過很多的地方嗎？」

「有水的地方我全到過，那兒都有家。」

「也愛過許多女子了吧？」

『可是我在找着你那麽的一個姑娘哪。』

『所以你瞧着很寂寞的。』

『所以你也瞧着很寂寞的。』

他抱緊了點兒，她貼到他身上，便擡起腦袋來靜靜的瞧着他。他不懂她的眼光。那透明的眼光後邊兒藏着大海的祕密，二十年的流浪。可是他愛那種眼光，他愛他自家兒明白不了的東西，

回到桌子上，便隔着酒杯儘瞧着她。

『你住那兒？』

『你問他幹嗎！』

『可以告訴我你的名字嗎？』

『問他幹嗎！我的名字太多了。』

『爲什麽全不肯告訴我？』

『過了今晚上我們還有會面的日子嗎？知道有我這麽個人就得啦，何必一定要知道我是誰呢！』

我知道有這麽一天，

我會找到她，找到她；

我流浪夢裏的戀人。

他一仰脖子乾了一杯，心境也爽朗起來啦。眞是可愛的姑娘啊。猛的有誰在他肩上拍了一下。

『夥計，瞧見我的鼻子沒有？』原來是那醉鬼。

『你的鼻子留在家裏了，沒帶出來。』酒還在脖子那兒，給他一下子拍得咳嗽起來了。

『家？家嗎？』猛的笑了起來，瞧着那姑娘，一伸手，把她的下巴頦兒一擡：『你猜我的家在那兒？』

她懶懶的把他的手拉開了。

『告訴你，我的家在我的鼻子裏邊，今兒我把鼻子留在家裏，忘了帶出來了。』

他的夥伴剛跑過來想拉他囘去，聽他這麼一說就笑開啦。左手那邊兒桌上一個姑娘叫他逗得把一口酒全噴了。她卻擡起腦袋來望着他，憐憫地，像望着一個沒娘的孩子似的。他腿一拐，差點兒倒了下去，給他的夥伴扶住了。

『咱們囘去吧。』

『行，再會！』手擺了一下，便——『我要囘去了，囘家去了，囘家去啊！』那麼地唱着，拍着腿跑到舞着的人們裏邊去啦，老撞在人家身上，撞着了就自家兒吆喝着口令，立正，敬禮。一囘兒便混到那邊兒不見啦，可是他的嗓子還儘冒着，壓低了大喇叭壓低了笑聲。

『我要回去了，回家去了，回家去啊，』單調的，粗魯的，像壞了的留聲機似地響着。

她輕輕地太息了一下。

『都是沒有家的人啊！』

家在那兒哪？家啊！

喇叭也沒有，笛子也沒有，銅鈸也沒有，大鼓也沒有，一隻小提琴獨自個兒的低低地奏着憂鬱的調子。便想起了那天黃昏，在夏威夷靠着椰子樹，拉着手風琴看蒼茫的海和糢糊的太陽。

又是一聲輕輕的太息，她不知怎麼的會顯着一種神經衰弱症患者的，頹喪的可是快慰的眼光。可是一回兒便又是一張冷冷的他明白不了的臉啦。

『好像在那兒見過你的。』

『我也好像在那兒見過你似的，可是想不起來了。』

便默着喝酒。一杯兩杯，三杯……酒精解不了愁的日子是有的。他的臉紅了起來，可是他的心卻沉重起來了。

『可以快樂的時候，就樂一會兒吧。』

她猛的站了起來，一雙手往他肩上一擱，便活潑地退到中間那片地板上走了幾步，一回身，胳臂往腰裏一插，異樣地向他一笑，扮了個鬼臉，跳起 tango 來啦。悉悉地接着轉了幾個身，又回到他懷裏，往後一彎腰，再往外轉過身子去，平躺在他胳臂上，左手攀着他的胸子。

緩慢的大鼓咚咚地。

她猛的腿一軟，腦袋靠到他胸部，笑着。

『我醉了。』

「找個地方兒睡去吧。」

她已經全身靠在他身上了，越來越沉重咧。走到門外，她的眼皮兒就闔上了，嘴上還掛着笑勁兒。在五月的夜風裏她的衣服是單薄的。可是五月的夜啊，溫柔的……溫柔的，

街上沒有一個人，默默地走着走着。

到一家旅館裏，把她放到牀上，滅了燈，在黑暗裏邊站到窗前抽着煙。月光從窗口流進來，在地上像一方塊的水。蔚藍的煙一圈圈的飛到窗外，慢慢兒的在夜色裏淡了，沒了。

「給我枝煙吧，」

拿了枝煙給她，她點上了也噴起煙來啦。煙蒂兒上紅的火閃耀着。平躺在牀上，把胳臂墊在腦袋下面，臉蒼白着。

他走到牀前，一支脚踏在牀上，儘瞧着她，她祇望着天花板。他把在嘴裏吸着的煙蒂兒吐在地上，把她抱了起來，一聲兒不言語地湊到她嘴上吻着。他在自家兒的臉下瞧見了一雙滿不在乎的眼珠子，冷冷的。她把他的臉推開了，抽了口煙，猛的笑了起來，拿了煙蒂兒，拖着他的耳朵把一口煙全噴在他嘴裏了。拍一下他的臉。他抱着她走到鏡子前面，在鏡上呵了口氣，就在那霧氣上面用手指劃了顆心。她也呵了口氣，也劃顆心，再劃支箭把那兩顆心串在一塊兒。再掏出擦臉的粉來給添在上面，一順手就抹了他一臉。

"Big baby!"

說着笑，抱住了他的脖子，把臉貼着他的，兩條腿在他胳臂上亂顛。猛的他覺得自家兒的臉上溼了起來。瞧她時，卻見眼珠子給淚蒙住了。

「怎麼啦？」

「你明兒上那去？」

「我自家兒也不知道。得隨船走。」

「可是講他幹嗎？明天是明天！」

淚珠後邊兒透着笑勁兒，吻着他，熱情地。

他醒了回來，豎起了身子，瞧見睡在旁邊兒的那姑娘，想起昨晚上的事了。兩支高跟兒鞋跌在牀前。瞧手錶，錶沒卸下來，弄停啦。

他輕輕的爬下牀來，抽着煙穿衣服。把口袋裏錢拿出來，放一半在她枕頭邊。又放了幾枝煙，一回頭瞧見了那鏡子，那鏡子上的兩顆心和一枝箭，便把還有一半錢也放下了，她卻睜開了眼來。

「走了嗎？」

他點了點頭。

她望着他，還是那副憔悴的，冷冷的神情。

「你怎麼呢？」

「我不知道。」

「你以後怎麼着呢？」

「以後還有機會再見嗎？」

「我不知道。」

便點上了煙抽着。

「再會吧。」

她太息了一下，說道：「記着我的名字吧。我叫茵蒂。」

他便走了，哼着：

『我知道有這樣一天，

我會找到你，找到你，

我流浪夢裏的姑娘！』

上海的狐步舞

（一個斷片）

上海。造在地獄上面的天堂！

滬西，大月亮爬在天邊，照着大原野。淺灰的原野，鋪上銀灰的月光，再嵌着深灰的樹影和村莊的一大堆一大堆的影子。原野上，鐵軌畫着弧線，沿着天空直伸到那邊兒的水平線下去。

林肯路。（在這兒，道德給踐在脚下，罪惡給高高地捧在腦袋上面。）

拎着飯籃，獨自個兒在那兒走着，一支手放在褲袋裏，看着自家兒嘴裏出來的熱氣慢慢兒的飄到蔚藍的夜色裏去。

三個穿黑綢長褂外面罩着黑大褂的人影一閃。三張在呢帽底下祇瞧得見鼻子和下巴的臉遮在他前面。

『慢着走，朋友！』

『有話儘說，朋友！』

『咱們冤有頭，債有主，今兒不是咱們有什麼跟你過不去，各爲各的主子，咱們也要吃口飯，回頭您老別怨咱們不夠朋友。明年今兒是你的週年，記着！』

『笑話了！咱也不是那麼不夠朋友的——』一扔飯籃，一手抓住那人的槍，就是一拳過去。

礎！手放了，人倒下去，按着肚子。礎！又是一槍。

『好小子！有種！』

「咱們這輩子再會了，朋友！」

「黑綢長裙」把呢帽一推，叫擱在腦杓上，穿過鐵路，不見了。

「救命！」爬了幾步。

「救命！」又爬了幾步。

嘟的吼了一聲兒，一道弧燈的光從水平線底下伸了出來。鐵軌隆隆地響着，鐵軌上的枕木像蜈蚣似地在光線裏向前爬去，電桿木顯了出來，馬上又隱沒在黑暗裏邊，一列「上海特別快」突着肚子，達達達，用着狐步舞的拍，含着顆夜明珠，龍似地跑了過去，繞着那條弧線。又張着嘴吼了一聲兒，一道黑煙直拖到尾巴那兒，弧燈的光線鑽到地平線下，一回兒便不見了。

又靜了下來。

鐵道交通門前，交錯着汽車的弧燈的光線，管交通門的倒拿着紅綠旗，拉開了那白臉紅嘴唇，帶了紅寶石耳墜子的交通門馬上，汽車就跟着門飛了過去，一長串。

上了白漆的街樹的腿，電桿木的腿，一切靜物的腿……revue似地，把擦滿了粉的大腿交叉地伸出來的姑娘們……白漆的腿的行列。沿着那條靜悄的大路，從住宅的窗裏，都會的眼珠子似地，透過了窗紗，偸溜了出來淡紅的，紫的，綠的，處處的燈光。

汽車在一座別墅式的小洋房前停了，叭叭的拉着喇叭。劉有德先生的西瓜皮帽上的珊瑚結子從車門裏探了出來，黑毛葛背心上兩隻小口袋裏掛着的金表鍊上面的幾個小金鎊釘嚐地笑着，把他送出車外，送到這屋子裏。他把半段雪茄扔在門外，走到客室裏，剛坐下，樓梯的地氈上響着輕捷的鞋跟，嗒嗒地。

「回來了嗎？」活潑的笑聲，一位在年齡上是他的媳婦，在法律上是他的妻子的夫人跑了進來，扯着他的鼻子道。「快給我簽張三千塊錢的支票！」

「上禮拜那些錢又用完了嗎？」

不說話，把手裏的一疊賬交給他，便拉他的藍緞袍的大袖子往書房裏跑，把筆送到他手裏。

『我說……』

『你說什麼？』堵着小紅嘴。

瞧了她一眼便簽了。她就低下腦袋把小嘴湊到他大嘴上。『晚飯你獨自個兒吃吧，我和小德要出去。』便笑着跑了出去，碰的關上門。他掏出手帕來往嘴上一擦，麻紗手帕上印着 tangee。倒像我的女兒呢，成天的纏着要錢。

『爹！』

一擡腦袋，小德不知多喒溜了進來，站在他旁邊，見了貓的耗子似地。

『你怎麼又回來啦？』

『姨娘打電話叫我回來的。』

『幹嗎？』

『拿錢。』

劉有德先生心裏好笑，這娘兒倆眞有他們的。

『她怎麽會叫你囘來問我要錢？她不會要不成？』

『是我要錢。姨娘叫我伴她去玩。』

忽然門開了，『你有現錢沒有？』劉顏蓉珠又跑了進來。

『祇有……』

一隻剛用過蔻丹的小手早就伸到他口袋裏把皮夾拿了出來！紅潤的指甲數着鈔票：一五，一十，二十……三百。『五十留給你，多的我拿去了。多給你晚上又得不囘來。』

做了個媚眼，拉了她法律上的兒子就走。

兒子是衣架子，成天地讀着給 gigolo 看的時裝雜誌，把燙得有粗大明朗的摺紋的褂子穿到身上，領帶打得在中間留了個渦，拉着母親的胳膊坐到車上。

上了白漆的街樹的腿，電桿木的腿，一切靜物的腿……revue似地，把擦滿了粉的大腿交叉地伸出來的姑娘們……白漆腿的行列。沿着那條靜悄的大路，從住宅區的窗裏，都會的眼珠子似地，透過了窗紗，偸溜了出來淡紅的，紫的，綠的，處女的燈光。

開着一九三二的新別克，卻一個心兒想一九八零年的戀愛方式。深秋的晚風吹來，吹動了兒子的領子，母親的頭髮，全有點兒覺得涼。法律上的母親偎在兒子的懷裏道：

『可惜你是我的兒子。』嘻嘻地笑着。

兒子在父親吻過的母親的小嘴上吻了一下，差點兒把車開到行人道上去啦。

Neon light 伸着顏色的手指在藍墨水似的夜空裏寫着大字。一個英國紳士站在前面，穿了紅的燕尾服，挾着手杖，那麼精神抖擻地在散步。腳下寫着："Johnny Walker: Still Going Strong."路旁一小塊草地上展開了地產公司的烏托邦，上面一個抽吉士牌的美國人看着，像在說：『可惜這是小人國的烏托邦，那片大草原裏還放不下我的一支脚呢？』

汽車前顯出個人的影子，喇叭吼了一聲兒，那人回過腦袋來一瞧，就從車輪前溜到行人道上去了。

『蓉珠，我們上那去？』

『隨便那個 cabaret 裏去鬧個新鮮吧；禮查，大華我全玩膩了。』

跑馬廳屋頂上，風針上的金馬向着紅月亮撒開了四蹄。在那片大草地的四週泛濫着光的海，罪惡的海浪，慕爾堂浸在黑暗裏，跪着，在替這些下地獄的男女祈禱，大世界的塔尖拒絕了懺悔，驕傲地瞧着這位迂牧師，放射着一圈圈的燈光。

蔚藍的黃昏籠罩着全場，一隻 saxophone 正伸長了脖子，張着大嘴，嗚嗚地衝着他們裏。當中那片光滑的地板上，飄動的裙子，飄動的袍角，精緻的鞋跟，鞋跟，鞋跟，鞋跟，鞋跟。蓬鬆的頭髮和男子的臉。男子的襯衫的白領和女子的笑臉。伸着的胳膊，翡翠墜子拖到肩上。整齊的圓桌子的隊伍，椅子卻是零亂的。暗角上站着白衣侍者。酒味，香水味，英腿蛋的氣味，煙味……獨身者坐在角隅裏拿黑咖啡刺激着自家兒的神經。

舞着華爾滋的旋律繞着他們的腿，他們的脚站在華爾滋旋律上飄飄地，飄飄地。

兒子湊在母親的耳朵旁說：『有許多話是一定要跳着華爾滋才能說的，你是頂好的華爾滋的舞侶——可是，蓉珠，我愛你呢！』

覺得在輕輕地吻着鬢脚，母親躲在兒子的懷裏低低的笑。

一個冒充法國紳士的比利時珠寶掮客，湊在電影明星殷芙蓉的耳朵旁說：『你嘴上的笑是會使天下的女子妬忌的——可是，我愛你呢！』

覺得輕輕地在吻着鬢脚，便躲在懷裏低低地笑，忽然看見手指上多了一隻鑽戒。

珠寶掮客看見了劉顏蓉珠，在殷芙蓉的肩上跟她點了點腦袋，笑了一笑。小德廻過身來瞧見了殷芙蓉也 gigolo 地把眉毛揚了一下。

舞着華爾滋的旋律繞着他們的腿，他們的脚踐在華爾滋上面，飄飄地，飄飄地。

珠寶掮客湊在劉顏蓉珠的耳朵旁，悄悄的說：「你嘴上的笑是會使天下的女子妬忌的——可是，我愛你呢！」

覺得輕輕地在吻着鬢脚，便躱在懷裏低低地笑，把嘴上的胭脂印到白襯衫上面。

小德湊在殷芙蓉的耳朵旁，悄悄的說：「有許多話是一定要跳着華爾滋才能說的，你是頂好的華爾滋的舞侶——可是，芙蓉，我愛你呢！」

覺得在輕輕地吻着鬢脚，便躱在懷裏，低低地笑。

獨身者坐在角隅裏拿黑咖啡刺激着自家兒的神經。酒味，香水味，英腿蛋的氣味，煙味……暗角上站着白衣侍者。椅子是凌亂的，可是整齊的圓桌子的隊伍，翡翠墜子掩到肩上，伸着的胳膊。女子的笑臉和男子的襯衫的白領。男子的臉和蓬鬆的頭髮。精緻的鞋跟，鞋跟，鞋跟，鞋跟，鞋跟。飄蕩的袍角，飄蕩的裙子，當中是一片光滑的地板。嗚嗚地衝着人家嚷，那隻 saxophone 伸長了脖子，張着大嘴。蔚藍的黃昏籠罩着全場。

推開了玻璃門，這纖弱的幻景就打破了。跑下扶梯，兩溜黃包車停在街旁，拉車的分班站着；中間留了一道門燈光照着的路，爭着"Ricksha?"奥斯汀孩車，愛山克水，飄特，別克跑車，別克小九，八汽缸，六汽缸……大月亮紅着臉蹣跚地走上跑馬廳的大草原上來了。街角賣大美晚報的用賣大餅油條的嗓子嚷：

"Evening Post!"

電車噹噹地駛進佈滿了大減價的廣告旗和招牌的危險地帶去。脚踏車擠在電車的旁邊瞧着也可憐。坐在黃包車上的水兵擠掩着醉眼，瞧準了拉車的屁股踹了一脚便哈哈地笑了。紅的交通燈，綠的交通燈，交通燈的柱子和印度巡捕一同地垂直在地上交通燈一閃，便湧着人的潮，車的潮。這許多人，全像沒了腦袋的蒼蠅似的！一個fashion model穿了她鋪子裏的衣服來冒充貴婦人。電梯用十五秒鐘一次的速[illegible]把人貨物似地拋到屋頂花園去。女祕書站在綢緞鋪的櫥窗外面瞧着全絲面的法國crepé，想起了經理的刮得刀痕蒼然的嘴上的笑勁兒。主義者和黨人挾了一大包傳單，踱過去，心裏想，如果給抓住了便在這裏演說一番。藍眼珠的姑娘穿了窄裙，黑眼珠的姑娘穿了長旗袍兒，腿股間有相同的媚態。

街旁，一片空地裏，豎起了金字塔似的高木架，粗壯的木腿插在泥裏，頂上裝了盞弧燈，倒照下來，照到底下每一條橫木板上的人。這些人吆喝着：『嘿嘿呀！』幾百丈高的木架頂上的木樁直墜下來，碰！把三抱粗的大木柱撞到泥裏去。四角上全裝着弧燈，強烈的光探照着這片空地。空地裏，橫一道，豎一道的溝，鋼骨，瓦礫堆。人抗着大木柱在溝裏走，拖着悠長的影子。在前面的腳一滑，擇倒了，木柱壓到脊梁上，脊梁斷了，嘴裏哇的一口血……弧燈……碰！木樁順着木架又溜了上去……光着身子在煤屑路滾銅子的孩子……大木架頂上的弧燈在夜空裏像月亮……撿煤渣的媳婦……月亮有兩個……月亮叫天狗吞了——月亮沒有了。

死屍給搬了開去。空地裏：橫一道豎一道的溝，鋼骨，瓦礫，還有一堆他的血。在血上，鋪上了士敏土，造起了鋼骨，新的飯店造起來了！新的舞場造起來了！新的旅館造起來了！把他的力氣，把他的血，把他的生命壓在底下，正和別的旅館一樣地，和劉有德先生剛在跨進去的華東飯店一樣地。

華東飯店裏——

二樓：白漆房間，古銅色的雅片香味，麻雀牌，四郎探母，長三罵淌白小娼婦，古龍香水和淫慾味，白衣侍者，娼妓掮客，綁票匪，陰謀和詭計，白俄浪人……

三樓：白漆房間，古銅色的雅片香味，麻雀牌，四郎探母，長三罵淌白小娼婦，古龍香水和淫慾味，白衣侍者，娼妓，掮客，綁票匪，陰謀和詭計，白俄浪人……

四樓：白漆房間，古銅色的雅片香味，麻雀牌，四郎探母，長三罵淌白小娼婦，古龍香水和淫慾味，白衣侍者，娼妓，掮客，綁票匪，陰謀和詭計，白俄浪人……

電梯把他吐在四樓，劉有德先生哼着四郎探母踏進了一間響着骨牌聲的房間，點上了茄立克，寫了張局票，不一回他也坐到桌旁，把一張中風，用熟練的手法怕碰傷了牠似地抓了進，一面卻：『怎麼一張好的也抓不進來，』一副老抹牌的臉，一面卻細心地聽着因爲不束胸而被人家叫做沙利文麵包的寶月老八的話『對不起，劉大少還得出條子，等回兒抹完了牌請過來坐。』

『到我們家坐坐去哪！』站在街角，祇瞧得見黑眼珠子的石灰臉，躲在建築物的陰影裏，向來往的人喊着，拍賣行的夥計似地，老撾尾巴似的拖在後邊兒。

『到我們家坐坐去哪！』那張癟嘴說着，故意去碰在一個扁臉身上，扁臉笑，瞧了一瞧，指着自家兒的鼻子，探着腦袋：『好寡老碰大爺？』

『年紀輕輕，朋友要緊！』癟嘴也笑。

『想不到我這印度小白臉兒今兒倒也給人家瞧上咧，』手往她臉上一抹，又走了。

旁邊一個長頭髮不刮鬍鬚的作家正在瞧着好笑，心裏想到了一個題目第二囘巡禮——都市黑暗面檢閱sonata；忽然瞧見那癟嘴的眼光掃到自家兒臉上來了，馬上就慌慌張張的往前跑。

石灰臉躲在陰影裏老搗尾巴似地拖在後邊兒——躲在陰影裏的石灰臉，石灰臉，石灰臉……

（作家心裏想：）

第一囘巡禮賭場第二囘巡禮街頭娼妓第三囘巡禮舞場第四囘巡禮再說東方

雜誌小說月報文藝月刊第一句就寫大馬路北京路野鷄交易所……不行——

有人拉了拉他的袖子：『先生！』一看是個老婆兒裝着苦臉，擡起腦袋望着他。

『幹嗎？』

『請您給我看封信。』

『信在那兒？』

『請您跟我到家裏去拿，就在這胡同裏邊。』

便跟着走。

中國的悲劇這裏邊一定有小說資料一九三一年是我的年代了東方小說北斗每月一篇單行本日譯本俄譯本各國譯本都出版諾貝爾獎金又偉大又發財……

拐進了一條小胡同，暗得什麼都看不見。

『你家在那兒？』

『就在兒這，不遠兒，先生。請您看封信。』

胡同的那邊兒有一支黃路燈，燈下是個女人低着腦袋站在那兒。老婆兒忽然又裝着苦臉，扯着他的袖子道：『先生，這是我的媳婦。信在她那兒。』走到女人那地方兒，女人還不擡起腦袋來。老婆兒說：『先生，這是我的媳婦。我的兒子是機器匠，偸了人家東西，給抓進去了，可憐咱們娘兒們四天沒吃東西啦。』

（可不是嗎那麼好的題材技術不成問題她講出來的話意識一定正確的不怕人家再說我人道主義咧……）

『先生，可憐兒的，你給幾個錢，我叫媳婦陪你一晚上，救救咱們兩條命！』

作家愣住了。那女人擡起腦袋來，兩條影子拖在瘦腮幫兒上，嘴角浮出笑勁兒來。

嘴角浮出笑勁兒來。冒充法國紳士的比利時珠寶掮客湊在劉顏蓉珠的耳朶旁，悄悄的說：『你嘴上的笑是會使天下的女子妬忌的——喝一杯吧。』

在高脚玻璃杯上，劉顏蓉珠的兩隻眼珠子笑着。

在别克裏那兩隻浸透了 cocktail 的眼珠子，從外套的皮領上笑着。

在華懋飯店的走廊裏，那兩隻浸透了 cocktail 的眼珠子，從披散的頭髮邊上笑着。

在電梯上，那兩隻眼珠子在紫眼皮下笑着。

在華懋飯店七層樓上一間房間裏，那兩隻眼珠子，在焦紅的腮幫兒上笑着。

珠寶掮客在自家兒的鼻子底下發現了那對笑着的眼珠子。

笑着的眼珠子！

白的牀巾！

喘着氣……

喘着氣動也不動的躺在牀上。

淋巾溶了的雪。

『組織個國際俱樂部吧！』猛的得了這麽個好主意，一面淌着細汗。

淌着汗，在靜寂的街上，拉着醉水手往酒排間跑。街上，巡捕也沒有了，那麽靜，像個死了的城市。水手的皮鞋擱到拉車的脊梁蓋兒上面，啞嗓子在大建築物的牆上響着：

啦得兒……啦得——

啦得兒

啦得……

拉車的臉上，汗冒着；拉車的心裏，金洋錢滾着，飛滾着。醉水手猛的跳了下來，跌到兩扇玻璃門後邊兒去啦。

“Hullo, Master! Master!”

那麽地嚷着追到門邊。——印度巡捕把手裏的棒衝着他一揚，笑聲從門縫裏擠出來，酒香從門縫裏擠出來，Jazz 從門縫裏擠出來……拉車的拉了車扛，擺在他前面的是十二月的江風，一個冷月，一條大建築物中間的深巷。給扔在歡樂外面，他也不想到自殺，祇『媽媽的』罵了一聲兒，又往生活裏走去了。

空去了這輛黃包車，街上祇有月光啦。月光照着半邊街，還有半邊街浸在黑暗裏邊，這黑暗裏邊蹲着那家酒排，酒排的腦門上一盞燈是青的，青光底下站着個化石似的印度巡捕。開着門又關着門，鸚鵡似的說着：

"Good-bye, Sir."

從玻璃門裏走出個年青人來，胳膊肘上掛着條手杖。他從燈光下走到黑暗裏，又從黑暗裏走到月光下面，太息了一下，悉悉地向前走去，想到了睡在的別人牀上的戀人，他走到江邊，站在欄杆旁邊發怔。

東方的天上，太陽光金色的眼珠子似地在烏雲裏睜開了。

在浦東，一聲男子的最高音：

『噯……呀……噯……』

直飛上半天，和第一線的太陽光碰在一起。接着便來了雄偉的合唱。睡熟了的建築物站了起來，擡着腦袋，卸了灰色的睡衣，江水又嘩啦嘩啦的往東流，工廠的汽笛也吼着。

歌唱着新的生命，夜總會裏的人們的命運！

醒囘來了，上海！

上海，造在地獄上的天堂。

黑牡丹

『我愛那個穿黑的，細腰肢高個兒的，』話從我的嘴裏流出去，玫瑰色的混合酒從麥桿裏流到我嘴裏來，可是我的眼光卻流向坐在我前面的那個舞娘了。

她鬢腳上有一朵白的康納馨，康納馨囘過腦袋來時，我看見一張高鼻子的長臉，大眼珠子，斜眉毛，眉尖躲在康納馨底下，長睫毛，嘴唇輭得發膩，耳朵下掛着兩串寳塔形的耳墜子，直垂到肩上——西班牙風呢！可是我並不是愛那些東西，我是愛她坐在那兒時，托着下巴，靠在几上的倦態，和鬢腳那兒的那朵憔悴的花，因爲自個兒也是躺在生活的激流上喘息着的人。

音樂一起來，舞場的每一個角上，都有人搶着向她走來，忽然從我後邊兒鑽出了一個穿了晚禮服的男子，把她拉着舞到大夥兒裏邊去了。她舞着，從我前面過去，一次，兩次……在漿褶的襯衫上貼着她的臉，俯着腦袋，疲倦地，從康納馨旁邊看着人。在藍的燈下，那雙纖細的黑緞高跟兒鞋，跟着音符飄動着，那麼夢幻地像是天邊的一道彩虹下邊飛着的烏鴉似地。第五次從我前面舞着過去的時候『尼亞波立登之夜』在白的燈光裏消逝了。我一支眼珠子看見她坐下來，微微地喘着氣，一支眼珠子看見那『晚禮服』在我身旁走過，生硬的漿褶襯衫上有了一點胭脂，在他的胸脯上紅得——紅得像什麼呢？祇有在吃着 cream 的時候，會有那種味覺的。

我高興了起來，像說夢話似地：『我愛這穿黑的，她是接在玄狐身上的牡丹——動物和靜物的混血兒！』

她是那麼地疲倦，每一次舞罷回來，便托着腮靠在几上。

嘴裏的麥桿在酒裏浸鬆了，釣魚桿上的線似地浮到酒面來的時候，我搶到了她：她的腦袋在我的腦前俯着，她的臉貼着我的襯衫。她嘴脣上的胭脂透過襯衫直印到我的皮膚裏——我的心臟也該給染紅了。

『很疲倦的樣子，』我俯下腦袋去在寶塔形的耳墜子上吹噓着。耳墜子盪着……風吹着寶塔上風鈴的聲音。在我的臉下，她擡起她的臉來，瞧着我。那麼妖氣的，疲倦的眼光！S.O.S.！S.O.S.！再過十秒鐘，我要愛上了那疲倦的眼光了。

『爲什麼不說話呢？』

『很疲倦的樣子。』

『坐到我桌上來吧。』

跳完了那支曲子，她便拿了手提袋坐到我的桌上。

『那麼疲倦的樣子！』

『還有點兒感冒呢。』

『爲什麼不在家裏休息一天呢？』

『捲在生活的激流裏，你知道的，喘過口氣來的時候，已經沉到水底，再也浮不起來了。』

『我們這代人是胃的奴隸，肢體的奴隸……都是叫生活壓扁了的人啊！』

『譬如我。我是在奢侈裏生活着的，脫離了爵士樂，狐步舞，混合酒，秋季的流行色，八汽缸的跑車，埃及煙……我便成了沒有靈魂的人。那麼深深地浸在奢侈裏，抓緊着生活，就在這奢侈裏，在生活裏，我是疲倦了。——』

『是的，生活是機械地用全速度向前衝刺着，我們究竟是有機體啊！……』

『總有一天在半路上倒下來的。』

『總有一天在半路上倒下來的。』

『你也是很疲倦了的人啊！』

『從那兒看出來的？』

『從你笑的樣子。』

『我們都該找一個好的驛站休息一下咧。』

『可不是嗎？』

她太息了一下。

我也抽着煙。

她也抽着煙，

她手托着下巴。

我脊梁靠着椅背。

我們就那麼地坐到下半夜；舞場散了的時候，和那些快樂的人們一同走到吹着暮春的晨風的街上，她沒問我的姓名，我也沒問她的。可是我卻覺得壓在脊梁上的生活的重量減了許多，因爲我發覺了一個和我同樣地叫生活給壓扁了的人。

一個月以後，是一個禮拜六的上午，從紅藍鉛筆，打字機，通知書，速記裏鑽了出來，熱得一身汗，坐在公共汽車裏，身子給汽車顛着，看着街頭的風景線，一面：『今天下午應該怎麼地把自個兒培養一下呢？』——那麼地想着，打算囘去洗個澡，睡到五點鐘，上飯店去吃一頓豐盛的晚宴，上舞場裏去瞧一瞧那位和我一樣地被生活壓扁了的黑牡丹吧。

到了公寓門口，小鉛兵似的管門孩子把門拉開來：

「顧先生，下午休息了。」

「休息了。」

走到電梯裏。開電梯的：

「顧先生，下午預備怎麼玩一下吧。」

「預備玩一下。」

出了電梯，碰到了一位住在我對面的，在舞場裏做音樂師的菲律濱人。他擡了擡帽子：

「禮拜六啦！」

「禮拜六咧！」

可是禮拜六又怎麼呢？我沒地方去。對於給生活壓扁了的人，宇宙並不洪荒啊。

侍者給我開了門，遞給我一封信。我拆開信來：

『奇蹟呢！在我的小花圃裏的那朵黑牡丹忽然在昨天晚上又把憔悴了的花瓣豎起來了，那麼亭亭地在葡萄架下笑着六月的風。明天是星期尾，到我這兒來玩兩天吧。我們晚上可以露宿在草地上——你不知道露宿是頂刺激的 Sport 呢。快來吧！——

聖五星五晨』

也不想睡覺了。洗了個澡，穿了條白色的高爾夫褲，戴了頂帽盔，也不外穿褂，便坐了街車往郊外聖五的別墅那兒駛去。閉上了眼珠子，我抽一支淡味的煙，想着他的白石的小築，他的一畦花圃，露臺前的珠串似的紫羅蘭，葡萄架那兒的菓園香。……

聖五是一個帶些隱士風的人，從二十五歲在大學裏畢了業的那年便和他的一份不算小的遺產一同地在這兒住下來。每天喝一杯咖啡，抽兩支煙，坐在露臺上優暇地讀些小說，花譜之類的書，黃昏時，獨自個兒聽着無線電播音，忘了世間，也被世間忘了的一個羊皮書那麼雅致的紳士很羡慕他的。每次在他的別墅裏消費了一個星期尾，就覺得在速度的生活裏奔跑着的人眞是不幸啊。可是一到星期五，那白色的小屋子又向我微笑着招手了。

睜開眼來時，我已經到了郊外瀝青大道上。心境也輕鬆的夏裝似地爽朗起來。田原裏充滿着爛熟的菓子香，麥的焦香，帶着阿摩尼亞的輕風把我脊梁上壓着的生活的憂慮趕跑了。在那邊墳山旁的大樹底下，樹蔭裏躺着個在抽紙煙的農人。樹裏的蟬聲和太陽光一同地佔領了郊外的空間，是在米勒的田舍畫裏呢！

車在一條沙鋪的小徑前停下來。我從小徑裏走去，在那顆大柏樹下拐個灣，便看見了那一溜矮木柵，生滿着鬱金香的草地，在露臺上的聖五——聽見那隻蘇格蘭種的狠狗爬到木柵上叫便跳了下來，跑過來啦。

他緊緊地拉着我的手：『老顧，你好嗎？』

『你請我來瞧你的黑牡丹嗎？』

忽然他眼珠子亮了起來：『黑牡丹？黑牡丹成了精咧！』

『瞎說。別是你看聊齋看出來的白日夢吧。』

『眞的。回頭我仔仔細細的告訴你，眞像聊齋裏的故事呢。從大前天起的，我推翻了科學的全部論據。』

我們走進了矮木柵，那座白色的小屋子向我說道：『老顧，你又來了嗎？』屋子的嘴張開了，一個穿黑旗袍的女子從裏邊走了出來。拎着隻噴水壺。那張臉怪熟的，像在那兒見過的似的。

『你瞧，這就是黑牡丹！我是叫你來瞧牡丹妖？不是瞧牡丹花的。』一面嚷着：『肖珠！顧先生來了！』拖着我跑到那女子前面。

西班牙風的長臉，鬢脚上有一朵白的康納馨，大眼珠子，斜眉毛，眉尖躲在康納馨底下，長睫毛，耳朵下掛着兩串寶塔形的墜子，直垂到肩上，嘴唇輭得發膩……（嘴唇上的胭脂透過襯衫直印到我的皮膚裏——我的心臟也該給染紅了。）

『嗳！』——記起了一個月前那疲倦的舞娘。

她把手指在嘴上按了一按。

我明白；我微微的點了點腦袋。

『顧先生，請裏邊坐。我去灑了花就來。』

走到裏邊，坐在湘簾的陰影底下，喝着噴溢着泡沫的啤酒：

『聖五，你怎麼想起結婚的。』

『什麼想起結婚！異遇呢！』

『別說笑話了——』

『怎麼說笑話？眞的是牡丹花妖呢？可是我現在不能說給你聽，她回頭就要進來的。她剛才不是把手指按着嘴嗎？她不許我告訴第三個人的。我今天晚上告訴你。』

吃也吃飽，談笑也談笑飽了的那天晚上，在星空底下，我們架起了珠羅紗的帳子，在帆布牀上躺下了，我便問他：

『究竟是怎麼樣回事呢？』

『我正想對你說。是大前天晚上，我也露宿在這兒。那晚上一絲風也沒有，祇有蚊子的叫聲風似地在帳子四面吹着。躺在牀上光流汗，腦袋上面是那麼大的，靜悄的星空。躺了一會，心倒靜了下來，便默默地背着仲夏夜之夢，那活潑的合唱，一面幻想着那些鬱金香閑着那朵黑牡丹在跳着中世紀的舞。忽然我聽見一個脚音悉悉地從沙鋪的小徑上走來，那麼輕輕地，踏在我的夢上面似地。我豎起身子來，那聲音便沒了。我疑心是在做夢。可是下着細雨似地，悉！悉！一回兒那脚聲又來了！這回我聽出是一個女子的高跟兒鞋聲音。鬼！便睜着眼珠子瞧，祇見木柵門那兒站着穿黑衣服的人，在黑兒裏邊。眞的有鬼嗎？我剛伸手去拿電筒，便聽見呼的一聲，鮑勃，我的那隻狠狗，竄了過去，直跳出柵門外面。接着便是一聲嚇極了的叫聲從空氣裏直透過來，是一個女子的尖嗓子。那穿黑衣服的人回過身去就跑，鮑勃直趕上去。我拿了電筒跳起來，趕出去，鮑勃已經撲了上去，把那人撲倒在地上啦，一點聲音也沒的。那當兒我眞的給嚇了一跳——別給撲死了，不是玩的！急着趕出去，吆喝着鮑勃，走到前面，拿電筒一照——眞給整個兒的怔住了。你猜躺在地上的是誰呢！一個衣服給撕破了幾塊的女子，在黑暗裏，大理石像似地，閉着眼珠子，長睫毛的影子遮着下眼皮，頭髮委在地上，鬢脚那兒還有朵白色的康納馨，臉上，身上，在那白肌肉上淌着紅的血，一支手按着胸，噗兒血從手下淌出來——很可愛的一個姑娘呢！鮑勃還按着她，在嗓子裏嗚嗚着，銜着我搖尾巴。我趕走了鮑勃，把她抱起來時她忽然睜開眼來，微地喘着氣道：「快把我抱進去吧！」那麼哀求着的樣子！……』

『她究竟是誰呢。』

『你別急，聽我講下去。到了裏邊，我讓她喝了點水，便問她：「你是誰？怎麼會鬧得這個模樣兒的？」她不回，就問我浴室在那兒。我告訴她在樓上，她便上去了。等了一個多鐘頭，她下來了，嘴裏啣着一支煙，穿了我的睡衣。洗去了血跡，蓬鬆着的鬈脚上插着朵康納馨，在嘴角插着朵笑的那姑娘簡直把我一下子就迷住了。她走到我前面，噴了口煙。道：

「爲什麼養了那麼凶的一隻狼狗呢？」

「你究竟是誰呢？不說明白，我是不能留你住在這兒的。」

「你再不趕出來，我眞要疑心自個兒是在非洲森林裏要叫狠給吃了——」那麼地在我的問題圈四面劃着平行線。

「你究竟是誰呢？」逼着她劃一條切線。

「你瞧，這兒也給牠抓破了！」忽然撇開睡衣來把一個抓破了胸兜直抓到奶子上的一條傷痕放在我前面。窗外的星星一秒鐘裏邊就全數崩潰了下來，在我眼前放射着彗星的尾巴。我覺得自個兒是站在赤道線上。「給我塊綳紗吧！」

我便把自個兒的嘴當了綳紗。以後她就做了我的妻子。』

『那麼你怎麼知道她是牡丹妖呢？』

『第二天她跟我說的。每天早上一起來，她就去給那株黑牡丹灑水的……』

我差一點笑了出來，可是猛的想起了下午按在嘴唇上的她的手指，我便忍住了笑。

早上醒來時，在我旁邊的是一隻空了的帆布牀，葡萄葉裏透下來的太陽光照得我一身的汗。擡起腦袋來。卻見黑牡丹坐在露臺上靜靜地抽着煙，臉上已經沒有了疲倦的樣子，給生活壓扁了的樣子。在早晨的太陽光裏正像聖五信裏說的，『亭亭地在葡萄架下笑着六月的風。』她的臉，在優逸的生活裏比一個月前豐腴多了。

那麽地想着，一翻身，忽然從牀上跌了下去。我爬起來時，她已經站在我旁邊：

『昨晚上睡得好嗎？』

『昨晚上聽聖五講牡丹妖的故事。』

『眞的嗎？』她笑着，拉着我的胳膊走到裏邊兒去。『做牡丹妖，比做人舒服多着啊。』

『聖五呢？』

『他每天早上出去散步的。我們先吃早飯吧，不用等他。』

我到樓上洗了個澡，換了襯衣下來時，露臺上已經擺了張小方几，上面擱了兩枚煎蛋，三片土司，一壺咖啡，在對面坐下了一朵黑牡丹。隔着那隻咖啡壺，她那張輭得發膩的嘴唇裏吃着焦黃色的土司，吐着青色的愉快的話：

『那天晚上是一個舞客強拉我上麗娃栗妲村去玩，他拚命地請我喝混合酒，他唱着那些流行曲，挑着我喜歡的曲子叫音樂師吹，可是他是那麼個討厭的中年人，他是把我當洋娃娃的……等他送我囘去，故意把車繞着中山路走，在哥侖比亞路忽然停了下來的時候，看了他眼珠子裏的火光，我便明白了。我開了車門就逃下來；他拉住我的衣襟，一下子就撕破了。我跑着，穿着田野，從草莽中跳過去，從灌木叢裏鑽過去，衣服全撕破了，皮肉也擦破了，我不敢喊，怕他追了來。把氣力跑完了的時候，便跑到了這兒，在那沙鋪的小路上——』

『以後就碰到了聖五？』

『對啦！』

『可是怎麼會變了牡丹妖的？』

『我愛上了這屋子，這地方，這靜，聖五又是個隱士風的紳士；我又是那麼疲倦，聖五硬要問我是誰，我便說是黑牡丹妖，他就信了。如果說是舞娘，他不會信我的，也會把我當洋娃娃的。我什麼都不問，祇要能休息一下，我是到這兒休息來的。這三天，我已經加了半磅咧。』便明朗地笑起來。

猛的生了急性消化不良症，吃下去的士司和煎蛋全沉澱在胃囊裏了。我覺得壓在她身上的生活的重量也加到我脊梁上面來啦，世界上少了一個被生活壓扁了的人咧。

下午，我走的時候，她跟我說：

『每個星期尾全消磨到這兒來吧。我永遠替你在這兒預備了一個舒適的牀鋪，豐盛的早飯，載滿了談笑的一隻露臺，和一顆歡迎的心呀。』

（嘴唇上的胭脂直透過襯衫印到我皮膚裏面——我的心臟也該染紅了。）

幸福的人啊！

生活瑣碎到像螞蟻。

一隻隻的螞蟻號碼3字似的排列着。

有啊！有啊！

有3 3 3 3 3 3 3 3 3 3……沒結沒完的四面八方地向我爬來，趕不開，跑不掉的。

壓扁了！眞的給壓扁了！

又往生活裏走去，把那白石的小屋子，花圃，露臺前的珠串似的紫羅蘭，葡萄架那兒的菓園香……扔在後邊兒。

可是眞有一天會在半路上倒下來的啊！

一九三三，二，七。

No. 0355

公墓

實價七角

著作者 穆時英
發行者 洪雪帆
印刷者 現代印刷公司
出版者 現代書局

總發行所 上海四馬路 現代書局

分店 南京 北平 廣州 漢口 福州 廈門 杭州 香港 洛陽 開封 九江 重慶 鄭州 成都 汕頭 雲南

1933，6，15，初版

1—2000册

图书在版编目（CIP）数据

公墓 / 穆时英著. -- 天津：百花文艺出版社，
2020.4(2024.1 重印)
（现代文学名著原版珍藏. 第三辑）
ISBN 978-7-5306-7833-6

Ⅰ. ①公… Ⅱ. ①穆… Ⅲ. ①短篇小说-小说集-中国-现代 Ⅳ. ①I246.7

中国版本图书馆 CIP 数据核字(2020)第 062803 号

公墓

GONGMU

穆时英 著

选题策划：唐冠群　　**美术编辑：**张振洪
责任编辑：赵　芳
出版发行：百花文艺出版社
地址：天津市和平区西康路 35 号　**邮编：**300051
电话传真：+86-22-23332651（发行部）
+86-22-23332656（总编室）
+86-22-23332478（邮购部）
网址：http://www.baihuawenyi.com
印刷：宝蕾元仁浩（天津）印刷有限公司
开本：787×1092 毫米　1/32
字数：87 千字
印张：7.75
版次：2020 年 4 月第 1 版
印次：2024 年 1 月第 4 次印刷
定价：25.00元

如有印装质量问题，请与宝蕾元仁浩（天津）印刷有限公司联系调换
地址：北京朝阳区西坝河南路6号西座102室
电话：(010) 84498866 邮编：100028